長編小説

熟れどき同窓会

〈新装版〉

葉月奏太

JN047970

竹書房文庫

目次

第一章　同窓会の人妻たち

1

駅のホームに降りると、冷たい空気が頬を撫でた。

懐かしい寒さだった。

線路の脇や建物の陰には、ところどころ雪が積もっていた。

ジーンズにブルゾンでは少々心許(こころもと)ない。それでも、自覚している以上に気分が高揚しているのか、さほど寒さは感じなかった。

気温自体はこちらのほうが低いのに、なぜかやさしい寒さに感じられる。東京の鋭利な刃物のような寒さは、何度経験しても慣れることはなかった。

飯島慎吾(いいじましんご)は西日に染まった空を見あげて深呼吸した。

空気が澄んで感じられるのは、決して気のせいではないだろう。冷気で肺が満たされると、故郷に帰ってきた実感が湧きあがってくる。

久しぶりの帰省だった。

荷物はボストンバッグひとつだけ。北陸新幹線と在来線を乗り継いで、東京から三時間弱で信州の田舎町に到着した。このわずかな時間が、慎吾にとってはとてつもなく長く感じられた。

上京したのは高校を卒業してすぐの三月だったから、来月で丸十二年になる。当時十八歳だった慎吾は、すでに三十歳になっていた。

大学進学を機に田舎を飛びだし、憧れの東京に移り住んだ。帰郷するのは一旗揚げてからと心に決めていた。

今はフリーライターをしながら小説家を目指している。仕事の合間に小説を書いては、出版社に持ちこみを繰り返していた。しかし、編集者の反応は悪く、デビューの兆しすら見えていないのが現状だ。

高校の同級生たちとはまったく会っていない。何度か連絡はあったが、意気込んで上京したので成功するまで顔を合わせるつもりはなかった。

両親は何度か東京に来ており、ひとり暮らしのアパートに招いたこともある。そのたびに「田舎に戻ってまともな職に就け」と言われていた。それでも、慎吾はひたすらに夢を追いかけつづけている。

東京で成功して颯爽と暮らすのが夢だった。

意地になっていた部分もある。若かったなとも思う。とにかく必死にやっていれば、いつかはものになると信じていた。

しかし、目まぐるしい日々を過ごすうち、いつの間にか三十になってしまった。

子供の頃、三十歳は大人だと思っていた。自分が三十歳の大人になるなんて想像もできなかった。だが、実際になってみると中身はガキのままだった。

（もう、夢を追ってる歳じゃないのかもしれないな……）

この歳になると、いろいろ考えるところがある。

小説家の夢を諦めて、ライター一本でやっていくほうがいいのかもしれない。今でも自分ひとりだけなら充分食べていける。ライターの仕事に集中すれば、収入はもっと増えるだろう。

両親はたまに電話をかけてきたと思ったら、田舎に戻ってこいの一点張りだ。生まれ育った信州の小さな街に、はたして働き口があるか疑問だったが、最近はふと望郷の念に駆られることが多くなっていたのも事実だった。

そんなとき、高校時代の同窓会の案内状が届いた。

頑なに田舎を避けつづけてきた慎吾だが、今年は顔を出してみようと思った。まだ東京では結果を残せていない。それでも信念を曲げて帰郷した。

昔の仲間に会いたくてたまらなかった。将来のことを考えると不安もある。そんな気持ちになるのは、歳を取った証拠だろうか。とにかく、生まれ故郷に戻って、今後のことを少し考えるつもりだった。

駅の改札を抜けて表に出ると、十二年前とさほど変わらないバスターミナルが出迎えてくれた。

ほっとすると同時に、胸の奥に苦い思いが湧きあがる。

高校生のとき自転車通学をしていた慎吾は、朝夕この駅前を通っていた。ラグビー部の練習を終えて帰宅する夕方、東へ向かう電車と併走してペダルを漕ぎながら、東京への夢を膨らませたものだった。

――俺、東京に行くんだ。

それが当時の慎吾の口癖だ。

ラグビー部のキャプテンで親友の田山雄治に、毎日夢を語っていた。

東京の大学に進学して、東京で仕事を見つけて、都会的な生活を送りたい。東京にはチャンスがいくらでも転がっているような気がした。

猛勉強の末、東京の大学に合格し、憧れの地で新しい生活がはじまった。やがて初めての彼女ができて、童貞を卒業することもできた。さらには小説家という新たな目標も見つかった。

しかし、三十になった今、夢を諦めかけている。

旧友のなかで唯一連絡を取り合っている雄治にも、そのことは話していない。ライター業のかたわら小説家を目指していることは伝えてある。しかし、絶対に夢を実現させると豪語してきただけに、挫折しかけているとは言えなかった。

いつも忘れた頃に、雄治から電話がかかってくる。とくに用事はなく、誰かが結婚したとか離婚したとか、たわいない近況報告をするのが常だった。

——こんどの同窓会、学級委員長も参加するらしいぞ。

先月電話で話したとき、雄治はそんな言葉で誘ってきた。

彼女に会うことが目的ではないが、背中を後押ししたのは確かだ。慎吾は当時学級委員長だった白川紗希(しらかわさき)に三年間片想いをしていた。いや、今でも恋をしていると言ったほうがいいかもしれない。紗希は地元に住んでいながら一度も同窓会に出席していないという。今回は彼女に会える数少ないチャンスだった。

会ったからといって、なにかが起こるはずもない。それでも理屈抜きに会いたいと思った。

帰省する直前、書きかけの長編原稿を大急ぎで仕上げて、知り合いの編集者に渡してきた。正直なところあまり期待していない。もう何年も同じことを繰り返している。小説家への道が険しいことは骨身にしみてわかっていた。

二週間ほど実家でゆっくりする予定になっている。とはいっても、完全に仕事を休むわけではない。取材済みのライターの仕事があるので、ノートパソコンで記事を仕上げて編集部にメールで送るつもりだ。

まずは実家に帰って一服してから、同窓会に出かける予定になっていた。

旧友たちに会って上手く笑えるか、考えると不安になってくる。とにかく、挫折感を胸に秘めての帰郷だった。

緊張しながら襖を開けると、すでに二十名ほどの男女が集まっていた。

同窓会の会場は、慎吾が上京している間にオープンした大衆居酒屋だ。横長のテーブルに掘り炬燵というスタイルの座敷席が、『鷹ノ山高校同窓会』の名前で予約してあった。

それぞれの前にビールのジョッキが置かれているが、まだ飲みはじめたばかりらしい。料理はまだ出揃っていなかった。

「あ、どうも……お久しぶりです」

緊張感が高まり、つい敬語になってしまう。

慎吾が顔を覗かせた途端、シーンと静まり返って全員の視線が集中する。瞬間的に頬の筋肉が硬直して、嫌な予感がこみあげてきた。

なにしろ十二年間も会っていないのだ。自分ではそれほど変わったと思っていないが、どうやらみんなの記憶とは違うらしい。こうなると慎吾に気づいてくれるのは雄治だけだろう。しかし、その雄治とも数ヵ月に一度、電話でやりとりしているだけだ。

苦笑いを浮かべながら「俺のこと忘れちゃった？」などと名乗るのが嫌で、わざと十五分ほど遅れて来た。雄治が先に到着していることを願っての行動だったが、かえって注目を浴びる結果となってしまった。

案の定、誰もが「誰だっけ？」という目を向けてくる。慎吾は極度の緊張で、みんなの顔をしっかり見ることができずにいた。

「あ、あの、俺……」

やはり自分から名乗るしかないだろう。頬を引きつらせながら口を開いた、まさにそのときだった。

「おっ、慎吾！」

懐かしい野太い声が聞こえてくる。思わず視線を巡らせると、右奥の席に座っていた男性が、その場で立ちあがった。

「俺だよ俺、わかるか？」

少年のような笑顔は親友の田山雄治に間違いない。高校時代はスポーツ刈りだったが、今は髪をそれなりに伸ばして真ん中でわけている。筋肉質のがっしり体型なので、グレーのスーツがよく似合っていた。

「よおっ、ゆ、雄治！」

慎吾も釣られて笑顔になる。大きな声で親友の名前を呼ぶと、ほっとして一気に緊張がほぐれた。

「久しぶりだな。みんな、慎吾が来てくれたぞ」

雄治が紹介してくれたことで、ようやくみんなも慎吾に気づいてくれる。あちこちから「おおっ」という声があがり、つづいて「変わらないね」「老けたな」とからかいの声をかけられた。

場の空気が柔らかく和(なご)むのがわかる。田舎に帰ってきたんだという実感が、じわじわと湧きあがってきた。

「みんな、久しぶり」

慎吾も落ち着いて同級生たちを見まわし、全員に向かって挨拶する。さすがに十二年も経つと、雰囲気がずいぶん変わっていた。

顔と名前がすぐに一致する奴、顔はわかるが名前が出てこない奴、顔も名前も忘れているが同級生だったような気もする奴など、いずれにせよ高校三年のときに机を並べていた面々だった。

そんななかで、ひとりだけ光り輝いている女性がいた。

左奥の席で控えめにしているが、慎吾の目には映画の主演女優のようにオーラを放って見えた。

（ああ、紗希さん……）

思わず心のなかで名前を呼ぶと、胸の奥に甘酸っぱい想いがひろがっていく。

彼女が学級委員長だった白川紗希――慎吾が高校三年間ずっと片想いをしていた相手だ。透明感のある美少女で優等生だった。ストレートロングの黒髪にセーラー服があつらえたように似合っていた。

彼女に憧れていた慎吾は、教室で機会があったときは「白川さん」と呼んでいたが、心のなかでは「紗希さん」と声をかけていた。

教室の窓際に佇む姿を、今でもはっきりと思いだすことができる。整った横顔が神々しく感じられて、近づくことさえ憚られた。

ずっと彼女のことが好きだった。高校を卒業して上京してからも、頭の片隅には紗希の姿がチラついていた。当時の恋人には悪いと思ったが、紗希を思い出すことがよくあった。

いつも遠くから眺めているだけで、告白どころかほとんど言葉を交わしたこともない。どこか澄ました感じの紗希は高嶺の花といった雰囲気で、ラグビーに熱中して毎日汗だくになっていた慎吾とはまるで接点がなかった。

天使のように可憐だった彼女も、今では人妻となっている。

事前に雄治から得ていた情報によると、数年前に地元のリゾートホテルを経営している男と結婚したという。現在は姓が変わって葉山紗希となり、同窓生のなかで一番セレブな生活を送っているとか。

その話を聞いたとき、慎吾は愕然として落ちこんだ。

もちろん、自分に可能性がないのはわかりきっている。しかし、紗希が誰かのものになってしまったという事実がショックだった。

（でも、あの頃よりさらに……）

美貌に磨きがかかっているのは、旦那に愛されている証拠だろうか。透明感の溢れる清楚で堅いイメージはそのままに、女性らしい柔らかさを身に着けている。清楚で堅いイメージだった紗希は、エレガントな人妻となっていた。

マロンブラウンの髪はふんわりしており、大きく膨らんだ胸には淡いピンクのブラウスがぴったり張りついている。隠しきれない人妻のフェロモンが、全身から滲みだしていた。

きっと夜のベッドで旦那に可愛がられているに違いない。高校時代の清楚なイメージからは考えられないが、すでに数え切れないほど抱かれているのだ。真面目だった紗希が、夜の閨房でどんな反応をするのか、つい想像してしまう。

声を出すのが恥ずかしくて、ペニスを挿入されても健気に下唇を噛んでいるのだろうか。いや、元学級委員長とはいえ、ベッドのなかでも優等生とは限らない。意外と大胆に腰を振りまくって快楽を貪っているのではないか。

なにしろ、三十路を迎えて肉体は熟しているのだから……。

とはいっても、当時の清らかさが消えてしまったわけではない。透明感を保ったまま、大人の女に成長したといった感じだ。しかし、表情が若干冴えないのが気にかかった。

（どうして、今まで同窓会に参加しなかったのかな？）

慎吾は東京で一旗揚げるまで田舎に帰らないと意地を張っていた。彼女には彼女なりの理由があるのかもしれない。

そんなことを考えていたとき、いきなりジーンズの尻をペシッと叩かれた。

「痛っ……」

「入口で黄昏（たそが）れないでくれるかな」

驚いて振り返ると同時に、またしても懐かしい声が聞こえてくる。背後に立っていた女性の顔を見て、慎吾は思わず両目を大きく見開いた。

「は……遥香（はるか）」

腕組みをして顎をツンと生意気そうにあげているのは、ラグビー部のマネージャーだった遠藤（えんどう）遥香だ。

遅れて来たのではなく、ちょうど席を外していたらしい。憎まれ口を叩いているが、彼女の顔には再会を歓迎する笑みが浮かんでいた。

いつも明るく元気だった遥香は、誰からも好かれる性格でラグビー部のマスコット的存在だった。とくに慎吾とは気が合って、よく漫才コンビみたいだと部員たちにからかわれていた。

「よ、よう……」

思わず声が震えてしまったのは、彼女が驚くほど綺麗になっていたからだ。

高校時代と比べて、雰囲気がずいぶん女っぽくなっている。とくにボーイッシュだった黒髪のショートが、色気を感じさせるセミロングに変わっていたのは衝撃的だった。

それもそのはず、遥香は数年前に結婚していた。身内だけで式を挙げたらしいが、確か相手は地元の役場に勤める男性で、名字は西島に変わったはずだ。

（あの遥香も人妻か……）

健康的で元気娘だった遥香が、すっかり落ち着いていた。ついまじまじと見つめてしまう。

「よう、ってそれだけ？　久しぶりに会ったんだからさ、なんかもっと他に言うことないの？」

遥香は唇を尖らせて腕組みをする。すると意外にも大きい乳房が強調されて、慎吾はまたしても胸を高鳴らせた。

マネージャーだったのでジャージ姿が印象に残っている。そんな遥香が白地に花柄のワンピースに身を包んでいた。ちらちらと覗く白い太腿が眩しすぎる。ふとした表情に幼さが残っているので、若々しい服装も違和感がなかった。

「相変わらず元気そう……だな」

高校時代の口調を思いだしながら話しかける。少しなれなれしいかなと思ったが、遥香は昔のように眉間に皺を寄せて笑ってくれた。

「まあね。慎吾は？」

「うん、それなりに。遥香ほどじゃないけど」

本当は挫折感を抱えているが、そんなことは言えない。仲がよかったからこそ、格好悪いところは知られたくなかった。

「で、どうなんだよ……」

「どうって、なにが？」

遥香の瞳が微かに揺れる。しかし、視線を逸らすことはなく、じっと見つめ返してきた。

「だから、ほら……結婚生活ってやつ？」

まったく触れないのも不自然な気がして、遠慮がちに尋ねてみる。

「うん。それなりにね」

あまり語りたくないのか、ひと言で片付けられてしまう。とはいっても、結婚生活に問題があるのではなく、単に照れているだけのように見えた。

「ちょっと、いつまでイチャついてんのよ」

突然大きな声が響き渡る。不機嫌そうな物言いに聞き覚えがあった。座敷席を見まわすと、すぐ近くから鋭い視線を感じた。

「あっ、麻奈美」

ひと目で氷室麻奈美だとわかった。

「あんたたち、夫婦漫才じゃないんだからさ」

乱暴な口調とは裏腹に、唇の端には笑みが浮かんでいる。彼女なりに同窓会を楽しんでいるようだ。

高校時代は生意気そうなポニーテイルだったが、今はメイプルブラウンのショートカットになっている。整った顔立ちをしているのに不良っぽくて気が強かった。しかし、友だち思いの一面もあり、クラスメイトからは好かれていた。

慎吾はクラスの女子たちとそれほど仲がよかったわけではないが、麻奈美はその男っぽい性格のためかしゃべりやすかった。遥香と同じく、当時から下の名前で呼び捨てにできた女子だった。

麻奈美は確か高校を卒業して地元企業に就職したが、すぐに結婚退職したと聞いている。その後のことは、まったく知らなかった。なにしろ、慎吾の情報源は雄治との電話だけだ。クラスメイト全員の動向を把握しているわけではなかった。

「久しぶり。元気だった？」

「当たり前じゃない。慎吾こそ元気なの？」

「おう、まあね。どうよ、結婚生活は？」

遥香のときと同じように、さらりと尋ねてみる。すると、途端に場の空気がおかしくなった。

(ん？　なんだ、この感じ……)

なにか地雷を踏んだような気がする。背後に立っていた遥香がもう一度尻をバシッと叩き、逃げるように自分の席に座ってしまった。

「そっか、慎吾は知らないんだ」

麻奈美は妙に明るい声で話しはじめた。

「じつはさ、離婚したんだよね」

「え……？」

「旦那の浮気が原因で。子供もいなかったから別れちゃった」

気まずい顔をしている慎吾に、彼女はあっけらかんとした口調で経緯を説明してくれる。結婚生活はわずか一年で終わり、現在は野沢菜漬けの工場で働いて生計を立てているという。

「そうだったんだ……ごめん」

「ちょっと暗い顔しないでよ。もう十年以上も前の話なんだから」

麻奈美は過去のこととばかりに笑い飛ばす。

離婚しても老けこんだりしないところは、気の強い麻奈美らしい。当時は落ちこんだのかもしれないが、今は完全に吹っ切れているようだ。慎吾は彼女の元気そうな姿を見て、ほっと胸を撫でおろした。

「いろいろあったんだな。そうだよな、十二年だもんな。いやぁ、懐かしいなぁ」

「なによ、じろじろ見ないでくれる？」

麻奈美が困惑した様子で髪を掻きあげる。そんなちょっとした仕草に、高校時代にはなかった色気が感じられた。

わずか一年とはいえ人妻だったことで、麻奈美は大人の女へと変貌を遂げたのだろう。レモンイエローのシャツを羽織っているが、ボタンを上から三つほど外している。田舎町にしては大胆なファッションだ。

（おいおい、胸がやばいだろ）

慎吾は立っているので、自然と上から覗きこむ格好になる。胸の谷間が奥まで見えて、思わずゴクリと生唾を呑みこんだ。

「どこ見てんのよ」

視線に気づいたらしく、麻奈美の目が瞬時に吊りあがる。しかし、本気で怒っているわけではなく、照れ隠しでにらみつけてきただけだ。その証拠に胸もとを両手で覆い隠して、顔を赤く染めあげていた。高校時代は不良っぽかった彼女のそんな姿に、ドキッとしてしまった。

「おい、慎吾。いつまで立ち話してんだ。早くこっちに来て座れよ」

雄治が呆れたように声をかけてくる。早く飲もうぜとばかりに、ビールジョッキを高々と掲げていた。

「おう、今行くよ」

遥香や麻奈美としゃべったことでリラックスできた慎吾は、みんなと言葉を交わしながら座敷の奥に向かった。

「つたく、遅れるなら連絡入れろよな」

隣に腰をおろすと、雄治が満面の笑みを浮かべた。

昔から感情表現がストレートで裏表のない男だ。誰からも好かれるタイプで、女子からもそこそこ人気があった。そのくせ、いざ恋愛になると消極的になる。結局、高校時代は慎吾といっしょで彼女ができないままだった。

「悪い悪い。なかなか髪型が決まらなくてさ」

慎吾も釣られて笑顔になる。昔のように冗談で返すと、気持ちが十代に戻ったような気がした。

「ようし、慎吾も来たことだし、もう一度乾杯しようぜ」

注文した中ジョッキが届き、雄治の音頭で乾杯をする。慎吾は懐かしさにまかせて、ビールを一気にグビグビと半分ほど呷った。

「くぅぅっ、美味いっ！」

故郷で旧友たちに囲まれて飲む酒はひと味違う。思わず唸ると、雄治が嬉しそうに肩をバシバシと叩いてきた。

「ほんと久しぶりだな。会いたかったよ」

「ああ、高校卒業以来だもんな」

確かに、なにもかもが懐かしかった。

誰もが笑顔で昔話に花を咲かせている。仕事や家庭から離れて、気のおけない旧友たちと過ごすひとときを楽しんでいた。

しかし、慎吾は今ひとつ、みんなの輪に入っていけなかった。

胸の奥で挫折感がジクジクと疼いている。楽しそうに話しかけてくる雄治に相づちを返しながら、自分でどうしたいのかもわからないまま、ハイペースでジョッキを空けていった。

程良く酔いがまわると、ともに楕円のボールを追いかけていた青春時代がよみがえってくる。高校を卒業してから、ラグビーが恋しいと感じたことは一度もなかった。高校三年間でやりきったつもりでいた。

それなのに、心は軽々と時空を飛び越えていく。

慎吾のポジションは右ウイング、ボールを持ったらとにかく走ってトライを決めるのが仕事だった。一見派手なポジションだが、慎吾はいつもプレッシャーと戦っていた。仲間たちが懸命に繋いだボールはとにかく重かった。

雄治のポジションはスタンドオフ、キャプテンとして部員たちをまとめていた。行動力があり人望が厚かった。慎吾が感じていたプレッシャーを理解して、試合中もよく声をかけてくれた。

あの頃も今も、雄治はみんなから頼られている。きっと、人の上に立つタイプなのだろう。まだそれほど時間は経っていないが、雰囲気でそれがよくわかった。

「そういえば、まだ江口さんと話してないだろう？」

雄治に言われて首を傾げる。「江口」という名前を聞いても、すぐに顔が思い浮かばなかった。

「江口さんって、誰だっけ？」

すかさず聞き返すと、雄治が眉をひそめて小さく首を振る。意味がわからず、なおも尋ねようとしたときだった。

「飯島くん、久しぶり」

雄治の向こう隣に座っていた女性が声をかけてきた。

「あ……」

顔を見た瞬間、教室でいつも読書をしていた女の子の姿を思いだす。

彼女の名前は江口由希子、長い黒髪は高校時代のままだ。清楚な雰囲気で整った顔立ちをしていたが、ほとんど声を聞いたことがない。とにかく、大人しくて目立たない少女だった。

高校を卒業して地元で就職後、取引先の男性と結婚したと雄治から聞いていた。子供も生まれたが、旦那を不慮の事故で亡くし、子供を連れて実家に戻り両親と暮らしているという話だった。

「わたしのこと忘れてたでしょう。ひどいな」

由希子はそう言って柔らかく微笑んだ。とても子持ちの未亡人には見えない、清純そうな雰囲気を漂わせている。

「ご、ごめんごめん、忘れてたわけじゃないんだ」

慌ててフォローしようとするが、これだけ焦っていたら説得力はない。しかし、彼女が笑ってくれたので、少し救われた気分だった。

「いいの。わたし、存在感なかったから。去年、田山くんに会ったときも、全然わかってくれなかったのよ」

突然話を振られた雄治が、困惑した様子で頭を掻いた。

「半年くらい前にばったり会ったんだ。取引先のスーパーをまわってたら、偶然彼女がパートをしてたんだよ」

地元に住んでいても、たまにしか会わない人もいるのだろう。それが由希子のように大人しい人だと、思いだすのに苦労するかもしれない。

「ところでさ、仕事の調子はどうなんだ?」

雄治が話題を変えるように尋ねてくる。

「ああ、仕事な……」

途端に酔いがスーッと覚めていくのがわかった。同窓会に参加すれば、どこかで必ず仕事の話になると思っていた。

「ライター業は、まあ順調だよ。こっちに来る直前には、知り合いの編集者の人に、前に雄治に話した小説の原稿を渡してきたんだ」

慎吾は淀みなくすらすらと答えていく。

急に話題を振られたとき困らないように、あらかじめ言うことを考えておいた。勇んで上京した手前、今後のことで迷っているなどとは言えなかった。

「東京でがんばってるんだな。やっぱり慎吾はすごいよ」

雄治が感心したようにつぶやくのを聞いて、胸の奥がチクリと痛んだ。

「なに言ってんだ。雄治なんて、すっかりスーツが板についてるじゃないか。さすが次期社長って感じだな」

「うちなんて全然……」

慎吾が茶化すと、雄治はおおげさに肩をすくめて苦笑いを浮かべた。

雄治の実家は「田山味噌」という信州味噌の老舗だ。地元の人なら誰もが一度は口にしたことがある。慎吾も実家に住んでいた頃は毎日食べていた。舌が味を覚えているので、東京に出てから味噌が口に合わなくて苦労したほどだ。

老舗の長男に生まれた雄治は、物心つく前から家業を継ぐように教えこまれていたという。上京する慎吾のことをずいぶん羨ましがっていたが、雄治は東京に行くことを許されず、実家から通学できる地元の大学に進学した。

サラリーマン家庭に育った慎吾には、選択肢のない人生など想像もつかない。しかし、実家が金持ちで将来は安泰なのだから、さほど同情していなかった。

着ているスーツもブランドものらしく高級そうだ。

（今は逆に雄治が羨ましいよ……）

社長の座が約束されている生活は、さぞ余裕があることだろう。将来に不安を抱えている慎吾は、軽い嫉妬すら覚えていた。

「たまには帰って来いよ。そんなに忙しいのか？」

「うん、まあな……いろいろあるんだよ」

実際のところ帰省できないほど多忙なわけではない。取材を済ませてしまえば、ノートパソコンで仕事ができる。しかし、旧友の前で少しくらい見栄を張っても罰は当たらないだろう。

「そんなことより、まだ結婚しないのか？　雄治ならいくらでも相手がいるだろ」

「いや、まあ……そっちはなかなか……」

今度は雄治が戸惑う番だった。急に歯切れが悪くなって顔を赤くした。

雄治は明るくて話も上手いが、相変わらず恋愛は奥手らしい。そんな不器用な一面があるからこそ、旧家のぼんぼんでもみんなから慕われるのだろう。

もっとも、恋愛下手といえば慎吾も負けてはいない。

初めて恋人ができたのは大学三年のときで、その女性が初体験の相手だった。彼女は小説家になる夢を追いかけている慎吾のことを応援してくれた。しかし、大学を卒業して数年後、彼女は慎吾のもとから去っていった。

フリーライターをしながら小説の投稿をつづける慎吾の生活に、自分の将来を預ける気にはならなかったのだろう。結婚を意識したとき、女性が安定を求めるのは当然のことだった。

恋人と別れることになって、なおのこと恋愛に対して消極的になった。

小説家デビューへの道のりは遠く、挫折の連続だ。思い詰めた顔をしている慎吾に女性が寄ってくるはずもなく、恋人はできないままだった。

「あれ？　そういえば……」

慎吾はたった今気づいたというように口を開いた。

本当はずっと気になっていたのだが、雄治にからかわれるのが嫌であえて言いださなかった。しかし、もう宴会がはじまってずいぶん経っているので、そろそろ話題にしても大丈夫だろう。

「先生は呼ばなかったのか？」

「ああ、詩織先生も来る予定だったんだけどな。直前になって、急用が入ったから行けなくなったって連絡があったんだ」

「そっか……」

「残念そうだな。二次会から来る予定だから安心しろ」

雄治がにやにやしながら見つめてくる。内心を見透かされた気がして、慎吾は慌てて話題をすり替えにかかった。

「二次会？　聞いてないぞ」

「そりゃそうだ。まだ言ってないからな」

「おい、勝手に決めるなよ」

「詩織先生に会いたくないのか？」

痛いところを突かれて、なにも言い返せなくなってしまう。

担任教師の麻倉詩織はみんなの憧れの的だった。現在は結婚して川相詩織となったのは残念だが、会いたい気持ちに変わりはない。慎吾にとっては単なる憧れ以上に特別な存在だった。

「来るんだろ？　二次会」

「お、おう、行くよ」

仕方なくぶっきらぼうに答えると、雄治は満足そうに頷いた。

なにか上手いこと乗せられたような気がするが、詩織に会えると思うと気持ちが高揚してくる。

（ああ、詩織先生……）

端正な顔を思い浮かべるだけで、全身が火照ってくる。

紗希に対して持っているのは恋愛感情だが、それとは根本的に異なる尊敬にも似た気持ちを抱いていた。

なにしろ、詩織に出会ったことで東京に行く決意を固めたのだから……。

2

雄治がセッティングした二次会の店へと移動した。

とはいっても、なにしろ田舎町なのでオシャレなバーなどあるはずがない。雄治の行きつけらしい小さなスナックが会場となっていた。

参加人数は十名ほどだ。ほとんどが結婚して家庭を持っているので、いつまでも夜遊びできないのだろう。

独身の慎吾と雄治、バツイチの麻奈美などは無条件で参加したが、既婚者である紗希と遥香も来たのは意外だった。

「みんな、おまえに会いたがってたんだぜ」

雄治がそう言ってくれるのは素直に嬉しい。しかし、夢を諦めかけている慎吾は少々肩身が狭かった。

「慎吾は主役だから一番奥な。遥香ちゃんは向こう。麻奈美はこっち」

幹事である雄治が、独断でてきぱきと席順を決めていく。テーブルが三つ繋げられて、慎吾は指示されるまま壁際のソファ席に座った。

「で、慎吾の隣は紗希ちゃん」

「え？　お、おい……」

慌てて声をかけたときには、紗希がすぐ隣まで来ていた。

「隣、いい？」

顔を覗きこむようにして、にっこり微笑みかけてくる。慎吾は引きつった笑みを浮かべながら、懸命に平静を装って頷いた。

「もうひとりの主役、詩織先生はもう少ししたら来る予定です。では、あらためまして、カンパーイ！」

各自の酒が届くと、雄治の元気な声で二次会がはじまった。慎吾は緊張をほぐすためにウイスキーのロックを頼んだ。

「くぅっ……」

アルコールが喉を灼くが、まったく酔えそうにない。なにしろ、隣の席には高校時代にずっと片想いをしていた女性が座っているのだ。しかも、ソファ席に大勢で座っているので、どうしても距離が近くなってしまう。

彼女の腕が触れそうになるたびドキドキする。横目でさりげなく見やると、淡いピンクのブラウス越しに、うっすらとブラジャーのラインが浮かんでいた。乳房が大きいので、胸もとのボタンが弾け飛んでしまいそうだ。

下半身に目を向ければ、タイトスカートの裾からむっちりと肉づきのいい太腿が覗いている。露出はほんのわずかだが、それでも女性慣れしていない慎吾を興奮させるには充分だった。

（ううっ……まずいぞ）

気持ちを落ち着けようとしてウイスキーを呷るが、なおのこと心臓がバクバクと大きな音をたてはじめる。これ以上見ているとジーンズの股間が膨らんでしまいそうで、懸命に彼女の身体から視線を引き剝がした。

(雄治のやつ、ヘンな気を遣いやがって……)

正面の席に座っている雄治は、わざとらしいほどの知らん顔を決めこんでいる。しかし、口もとにはこらえきれない笑みが浮かんでいた。慎吾が紗希に気があったことを覚えていて、わざと隣同士にしたのだ。

「飯島くんの近くでよかった」

ビールをひと口飲んだ紗希が、にこやかに話しかけてきた。

「え……？」

たったそれだけで、慎吾の心臓はドクンッと不整脈を刻んでしまう。胸が苦しくなり、思わず彼女の顔をじっと見つめていた。

「だって、一次会で全然話せなかったから」

穏やかな口調で言われて、なるほどと納得しつつも少し落胆する。

――じつは、飯島くんのこと昔から……。

などという言葉を、一瞬でも期待した自分が恥ずかしくなった。そんなロマンチックな展開など、自分の人生に起こるはずがない。勇んで上京したにもかかわらず、いまだに平凡な人生を歩んでいるのだから……。

「そ、そうだね、さっきは席が離れてたよね」

ようやく口を開くが、緊張感は極限まで高まっている。せっかくのチャンスなのに、なにを話せばいいのかわからなかった。

「なんか、変わってないね……し、白川さん」

少し迷ったが旧姓で呼んでみる。そのほうが呼びやすかったし、なにより自然だった。周囲でも旧姓や昔の渾名が飛び交っている。それに、彼女が結婚したことを認めたくない、という心理も働いていた。

「わたし、変わってない？」

「あ、いや……か、変わったかな……」

すごく綺麗になったよ。そうつづけたかったのだが、恥ずかしくて口にできない。そんな気障な台詞は、やはり自分には一生似合わないと思った。

「フフッ……なんか、昔に戻ったみたい」

紗希は懐かしそうに目を細めて、はにかんだ笑みを浮かべた。

「飯島くんは変わってないね。なんかほっとする」

そうつぶやく彼女の横顔が、どこか淋しそうに見えたのは気のせいだろうか。笑っているのに、心から笑えていないような気がする。地元企業の社長夫人で、誰もが羨むセレブ妻になったが、庶民にはわからない悩みがあるのかもしれない。

「みんなはすっかり落ち着いちゃったけど、飯島くんは昔のままって感じね」

「ハハッ、成長してないっていうか……ガキのままなんだよ」

思わず自嘲気味につぶやいた。いつまでも夢を捨てきれず、なかなか次の一歩が踏み出せない。ライター一本でやっていくのか小説家を目指すのか、それとも田舎に戻って転職するのか、結局すべてを欲するから悩んでいるのだ。

「変わらないでほしいな……なんて無責任よね」

紗希が笑ってくれるので、慎吾は少し救われた気分になった。

「俺、たぶん、ずっとガキのままだよ。人間、そう簡単には変われないからね」

「わかるような気がする。せっかくだから、飲んじゃおうか」

彼女がビールの入ったコップを掲げたので、慎吾はウイスキーのグラスをチンッとぶつけた。

たまには仕事のことを忘れるのもいいのではないか。今は旧友たちと過ごすひとときを楽しもう。彼女のおかげで、そんな気持ちになっていた。

「なんか不思議……高校のときは、飯島くんとこんなに話したことなかったのに」

「そうだったかなぁ」

忘れたふりをするが、本当はよく覚えている。仲良くなりたかったけれど、どうしても話しかけることができなかった。彼女の前に出ると赤面してしまうので意識的に避けていた。今となっては甘酸っぱい青春の思い出だ。

「嫌われてるのかと思ってた」

唐突に紗希がつぶやいた。ひどく淋しそうな言い方だった。

「そ、そんなことないよ！」

慌てて否定したため声が大きくなってしまう。彼女は驚いたように肩をビクッとさせるが、すぐにほっとしたように微笑んだ。

「よかった。やっとお友だちになれた気がする」

紗希の言葉が胸に染み渡る。どう逆立ちしても、慎吾はただの「お友だち」でしかない。当たり前だが「お友だち」以上でも以下でもなかった。

（バカだな、俺……わかりきってるのに……）

彼女の左手薬指にはリングが光っている。片想いをしていた女性が人妻になったという事実を、あらためて思い知らされた気がした。

「あっ、先生！」

雄治の声が聞こえて、みんながいっせいに顔をあげる。すると、グレーのスーツ姿の詩織が、店の入口からしなやかな足取りで近づいてきた。

「遅くなってごめんなさい」

申し訳なさそうに頭をさげるが、すぐに満面の笑みになる。教え子たちに会えた喜びを全身に滲ませて、全員の顔をゆっくりと見まわした。

担任をしていた当時、詩織は二十四歳だったから、今は三十六歳になっているはずだ。黒髪のストレートロングとやさしげな表情は昔のままだが、身体は明らかに変化している。乳房は大きくなったように思えるし、スカートの尻はパンッと張り詰めていた。

まさに匂いたつような、完熟した女の身体だ。慎吾は口をぽかんと開けたまま、美麗な恩師の姿を見つめていた。

「みんな元気そうね」

詩織に笑顔を向けられると、みんなの顔が高校時代に戻っていく。彼女を慕っていた頃を思いだし、誰もが照れ笑いを浮かべていた。

美しい記憶というのは、得てして美化されるものだが、詩織には当てはまらないらしい。三十路半ばの人妻となっても、記憶のなかの姿より輝きを増していた。今が女として一番脂が乗っているときかもしれなかった。

「慎吾も来てるんですよ。先生は慎吾の隣にどうぞ」

またしても雄治の提案で席が決められる。紗希が場所をずれて、詩織がすぐ隣に腰をおろした。

「飯島くん、元気だった?」

「は、はいっ、お久しぶりです」

緊張で声が裏返りそうになってしまう。

普段の生活では女性とほとんど接点がないのに、綺麗になったクラスメイトや憧れだったかつての担任教師と、こうして次々と言葉を交わしている。なにやら不思議な気分で、気持ちが落ち着かなかった。

例によって雄治の音頭で、今日何度目かの乾杯をした。

コップに注いだビールを、詩織が美味しそうに飲んでいる。その横顔を、慎吾は複雑な思いで見つめていた。

(ああ、詩織先生……)

心のなかで名前を呼ぶだけで、胸の奥が切なくなる。

詩織は東京の大学を出て、出身校である鷹ノ山高校に赴任してきた。以後、ずっと田舎で教師をつづけている。

東京志向の強かった慎吾は、都会の洗練された雰囲気を漂わせている詩織に惹きつけられた。彼女と言葉を交わすと、都会に触れているような気がした。詩織と出会ったことで、ますます東京への想いが強くなった。

人生を左右するほどの特別な存在であった詩織が、体育教師の川相と結婚したと聞いたときは正直がっかりした。

あれは慎吾たちが卒業した年のことだった。

雄治が沈んだ声で電話してきた日のことを、今でもはっきりと覚えている。慎吾は送話口に向かって「そうか」とつぶやくだけで、それ以上はなにも言えず黙りこくっていた。

あの都会的で洗練された美貌の詩織が、まさかむさ苦しい体育教師の川相と結婚するとは誰も予想していなかった。

(この身体を、川相の奴が……)

ついそんな下世話なことを考えてしまうのは、彼女の身体から甘い体臭がほのかに漂ってきたからだ。

詩織はみんなと談笑している。慎吾は匂いに釣られて、チラチラと横目で詩織の身体を見つめていた。

背筋がスッと伸びているのでスーツがよく似合っている。胸が大きくなったように感じられるのは、毎晩旦那に揉まれているせいだろうか。ずりあがったタイトスカートからわずかに覗く太腿は、紗希よりもさらに脂が乗ってムチムチしていた。

川相はやたらと厳しい熱血漢だった。あの暑苦しい男のことだから、きっとベッドでも激しいに違いない。

力まかせのパワーセックスに、清楚な女教師が啜り泣き、やがては快楽に呑みこまれて腰を振りたくる。そんな姿を想像するとたまらなくなり、慎吾はウイスキーをストレートでグイと呷った。

（ったく……みんな幸せそうだよな）

結局ほとんどのクラスメイトが結婚している。雄治は独身だが、なにしろ老舗の跡取り息子だ。その気になれば、すぐにでも結婚できるだろう。

慎吾が今の生活をつづけている以上、女性に敬遠されるのはわかっている。ひたすら夢を追ってがんばってきたつもりだが、かつてのクラスメイトたちはいつの間にか着実に幸せを摑んでいた。

（俺はなにをやってたんだろうな……）

思考がネガティブな方に流れはじめている。気持ちが急激にやさぐれていくのをとめられなかった。

ウイスキーをやけ酒気味に飲みまくる。胃が灼けるように熱くなるが、とことんまで酔いたい気分だった。

「そんなに飲んで大丈夫？」

詩織の声が聞こえたときには、だいぶ酔いがまわっていた。

「先生、飲み過ぎはよくないと思うな」

まるで高校生の慎吾に言い聞かせるような、やさしい口調だった。

アルコールが染み渡った頭に、ふと当時の記憶がよみがえってくる。

比較的年が近かったこともあり、詩織は生徒目線で親身になって相談に乗ってくれる先生だった。慎吾も東京の大学に進学したいと打ち明けて、がんばりなさいと背中を押してもらったのを覚えている。

「先生……俺、どうなっちゃうんでしょうね」

つい弱音をぽろりと漏らしていた。

誰かに縋りたかったのかもしれない。頭の片隅でまずいと思いつつ、アルコールのせいもあって、一度口を開くと不安が次から次へと溢れだした。

この十二年間で、みんなと大きく差が開いたような気がする。夢を追っているのが格好よく感じるのは若いうちだけだ。いつのまにか三十歳になり、結婚などそれこそ夢の話になってしまった。

慎吾はとりとめもなく語りつづけた。端から見れば、きっと酔っ払いが愚痴っているだけにすぎないだろう。それでも、詩織は適当に受け流したりせず、最後まで真剣な表情で聞いてくれた。

「いろいろ悩んでたのね。相談する人はいなかったの？」

「……はい」

「そう、ひとりでつらかったわね。遠慮しないで、もっと早く相談してくれればよかったのに」

詩織の言葉が胸にじんわりとひろがっていく。慎吾は危うく涙をこぼしそうになり、慌てて奥歯をぐっと食い縛った。

考えてみれば、女性にやさしくされたのは久しぶりだ。

自分のせいとはいえ恋人が去ってから、軽い女性不信に陥っていた。もし周囲にクラスメイトたちがいなければ、詩織の胸に顔を埋めてむせび泣いていただろう。それほどまでに感情が昂ぶっていた。

　気持ちを静めるためには飲むしかなかった。慎吾はウイスキーをハイピッチで呷りつづけた。詩織がなんどか制止しようとしたが、「大丈夫です」と繰り返して飲みまくった。

「おい、大丈夫か？」

　遠くで雄治の声が聞こえている。

　慎吾はいつしかテーブルに突っ伏していた。さすがに飲み過ぎたらしい。胃がムカムカして、視界がぐるりと不快にまわっている。雄治が心配そうに声をかけたことで、他のクラスメイトたちの視線も集まってくるのがわかった。

「ううっ……」

　大丈夫と言おうとしたのだが、くぐもった呻き声にしかならない。みんなに迷惑をかけないうちに帰ったほうがよさそうだ。ぼんやりそんなことを考えていると、詩織が庇うように口を開いた。

「飯島くん、ちょっと飲み過ぎちゃったみたいなの。きっと、みんなに会えて嬉しかったのね」

「しょうがないな。俺が送っていきます」

雄治がそう言いだすと、すかさず詩織が立ちあがった。

「わたしが送っていくから大丈夫よ。じつは明日の朝早いの。だから、飯島くんを送って、そのまま帰らせてもらうわ」

すると、クラスメイトたちが「ええっ」と残念そうな声をあげた。

詩織に帰る口実を与えてしまったようで、みんなには申し訳ない気持ちになる。しかし、頭がガンガンしており、意識も遠のきかけている。とてもひとりでは帰れそうになかった。

3

気づくとベッドに寝かされていた。

慎吾は訳がわからず、あたりをキョロキョロと見まわした。

サイドテーブルに置かれているスタンドが、室内をぼんやりと淡いオレンジ色に照らしている。広さは十畳ほどだろうか。部屋の真ん中に慎吾が横たわっているダブルベッドがあり、横には鏡台が置かれていた。

（ここは……いったい？）

アルコールが残っており、目に映るものがぐんにゃりと歪んでいる。思わずこめかみを指先で押さえながら、ゆっくりと上半身を起こした。

「あ、まだ横になっていたほうがいいわよ」

そのとき、ちょうど詩織が部屋に入ってきて、慌てたように歩み寄ってくる。手にしていたトレーをサイドテーブルに置くと、心配そうに顔を覗きこんできた。

「気持ち悪くない？」

「は、はい……ちょっと……」

若干吐き気がしていたが、それより詩織に見つめられていることのほうが問題だった。距離が近すぎて胸の鼓動が速くなる。胃のムカつきよりも、胸が痛くなってしまいそうだ。

「とりあえず、お水飲んで」

詩織はペットボトルの蓋を開けると、コップに注いで手渡してくれる。慎吾は冷たいミネラルウォーターをグビグビと飲んだ。

「ありがとうございます……ところで、ここは？」

あらためて周囲に視線を巡らせる。まだ頭がクラクラしており、手足も鉛を詰めたように重かった。

「わたしの家よ。本当は飯島くんの家まで送るつもりだったんだけれど、うちのほうが近かったから」

「せ、先生のご自宅ですか？」

薄々そんな気はしていたが、自宅だと聞いた途端に緊張感が高まっていく。つまり、ここは夫婦の寝室ということになる。

(このベッドで、詩織先生は川相の奴と……)

つい筋肉質の体育教師に組み敷かれている詩織の姿を想像してしまう。慌てて頭を振って掻き消すが、この寝室で憧れの女教師が他の男に抱かれているのはまぎれもない事実だった。

「だって、飯島くん、まっすぐ歩けなかったのよ」

詩織は笑いながら話しているが、泥酔した男を連れて帰るのは大変だったに違いない。しかも夫婦のベッドに寝かして介抱してくれたのだ。彼女の目もとには疲れの色がはっきりと滲んでいた。

「本当にすみません……俺……迷惑かけちゃって……」

慎吾は慌てて謝罪の言葉を口にする。

自分の不甲斐なさが情けなくて、ついつい飲み過ぎてしまった。そして、恩師に迷惑をかけてしまった。後悔が押し寄せてきて思わずうな垂れると、詩織がベッドにそっと腰掛けてきた。上半身を起こしている慎吾に、背中を向ける格好だ。

「そんなに落ちこまないで」

スタンドの弱々しい光が、整った横顔を照らしていた。

距離が近くなってドキドキするが、詩織はやさしく微笑みかけてくる。まるで映画のワンシーンを観ているように現実感がなかった。

彼女は白いブラウスにグレーのタイトスカートを穿いている。女の香りがふわっと漂ってきて、無意識のうちに息を大きく吸いこんだ。

「あ、あの……川相先生は?」

先ほどから気になっていたことを尋ねてみる。できることなら、あの粗暴な体育教師の顔は見たくなかった。

「子供を連れて実家に帰ってるの」

「実家に……」

「なにかあったわけじゃないのよ。車で二十分くらいだから、今日みたいに晩ご飯を作れないときはちょくちょく帰ってるの」

詩織はさらりと答えるが、慎吾の顔はこわばっていた。

今、この家にいるのは慎吾と詩織の二人だけだ。それを考えると、余計にまずいような気がしてきた。

「お、俺、そろそろ帰ります。ありがとうございました」

少し休ませてもらったことで、ずいぶん具合がよくなっている。もう、ひとりでも歩いて帰れるだろう。

「無理をしないで、もう少しゆっくりしていきなさい」

「でも……」

「飯島くんは疲れてるのよ。東京に行って、ずっとひとりでがんばってきたんでしょう。先生にはわかるわ」

詩織の静かな声音が、鼓膜を心地よく振動させる。彼女に話しかけられるたび、心が癒されていくような気がした。

「遠慮しないで横になって」

やんわりとうながされて、慎吾は再びベッドに仰向けになった

（なんか……いいのかな？）

夫婦の寝室だと思うと罪悪感がこみあげてくる。しかし、せっかく慕っていた女教師と二人きりになれたのだ。もう少しだけ奇跡の時間を過ごしたかった。

「どうして……そんなにやさしいんですか？」

「教え子たちはいつまで経っても可愛いものよ。それにキミたちは初めて担任になったクラスだから、特別な思いがあるの」

詩織は少し遠い目になって、しみじみとつぶやいた。

そう言われてみれば、初めての担任だからと、ずいぶん気合いが入っていたような気がする。当時の詩織は二十四歳だった。高校生の慎吾たちからすれば大人に見えたが、まだ駆け出しの教師だった詩織は必死だったに違いない。

「それに、飯島くんって、わたしに似てる気がするから」

「俺が……先生に？」

似ていると言われて少し嬉しくなるが、慎吾自身はどこが似ているのかよくわからない。詩織は誰からも好かれる清楚で真面目な高校教師だ。自分との共通点はまるで見当たらなかった。

「飯島くんが東京に行きたいって相談してきた日のこと覚えてる？　あのときに初めて思ったの。まっすぐで不器用なところがそっくりって」

「そ、そうですか？」

「だから、今日も顔を見てすぐに、なんか悩んでるのかなってわかったわ」

普通に振る舞っていたつもりだが、どうやら挫折感が顔に出ていたらしい。クラスメイトの目は誤魔化せても、恩師の目を欺くことはできなかった。

「じつはね……わたしも、最近悩んでるの」

ふと詩織が表情を曇らせる。彼女のこんな暗い顔を見るのは初めてだった。

「少しだけ聞いてくれる？」

慎吾は仰向けになったまま、緊張気味にこくりと頷いた。

「最近の子たちはやる気があるのかないのか、考えてることがわからなくて困ってるの。飯島くんみたいに東京に行きたい、とか目標が持てないのね。無鉄砲でもなんでもいいの。とにかく気持ちが伝わってこないのよ」

生徒のために必死になっているのに、まったく手応えがない。そのくせ、父兄はなにかと口を出してくる。生徒を少し叱っただけで、親から苦情の電話が入ることも年中だという。

「今日も親御さんのところに謝りに行って、それで同窓会に遅れちゃったの」

真摯に教職に取り組んでいるからこその悩みだろう。

情熱は失っていないつもりだが、ここ数年上手くいかなくなっている。最近は教師生活に疲れを感じているらしい。体育教師の夫に相談しても、「生徒や父兄とは距離を置いて付き合うしかない」とつれない返事だとか。

「あの人の言うこともわかるけど、やっぱり納得いかなくて……そのせいで、ちょっと喧嘩しちゃったり……」

詩織は小さく息を吐きだした。

生徒の前ではいつも明るく振る舞っていたので、彼女が落ちこむなんて考えたこともない。教師にも悩みはあるはずなのに、そんな当たり前のことに今まで気づかなかった。しかし、こうして苦悩を打ち明けられたことで、少しだけ距離が縮まったような気がした。

「こんなことでぎくしゃくする夫婦って、どうなんだろう」

結婚どころか恋愛から遠ざかっている慎吾に答えられるはずがない。しかし、落ちこんでいる彼女を、なんとかして元気づけてあげたかった。

「……やっぱり、わたしに魅力がないのかな」

詩織が身体をひねり、自信なさげな瞳を向けてくる。涙さえ浮かべて、今にも泣きだしてしまいそうだ。

「ねえ、飯島くん」

返答をうながすように、ジーンズの太腿にそっと手のひらを重ねてくる。柔らかい手の感触が、生地越しに伝わってきた。

「うっ……」

たったそれだけで、ペニスがヒクッと反応してしまう。彼女は話に夢中で気づいていないが、ジーンズの股間が瞬(またた)く間に膨らんでいく。

（ヤバい、こんなときに……）

いくらなんでもタイミングが悪すぎる。詩織は悩みを告白しているというのに、不謹慎にも勃起しているのだ。もし気づかれたら、間違いなく軽蔑されるだろう。

「そ、そんなことないです」

慎吾は慌てて口を開いた。下半身に視線を向けさせるわけにはいかない。しかし、どんな慰(なぐさ)めの言葉をかければいいのかわからなかった。

「でも、最近なんて手も握ってこないのよ。この広いベッドの端と端に寝てるの」

彼女もかなり飲んでいたのかもしれない。話題がきわどい方向に流れており、なおさらなにを言うべきか戸惑ってしまう。

「え、えっと……それって、つまり……」

「わかるでしょう。もう半年も指一本触れてこないのよ。ねえ、飯塚くん、わたしってそんなに魅力ない？」

「い、いえ……せ、先生は……先生は今でも魅力的です！」

素面なら恥ずかしくて口にできなかったろう。アルコールが入っているからこそ言えた台詞だ。実際、詩織の美しさには磨きがかかり、今こうしていても眩しいくらいだった。

「本当に？」

「外見はもちろん、心まで魅力的な女性だと思いますっ」

「は、はい、だって俺のことやさしく慰めてくれたじゃないですか」

慎吾は羞恥に顔を赤くしながらも捲したてる。落ちこんでいる詩織を元気づけようと必死だった。

「じゃあ……証明してくれる？」

じっと見つめられて言葉に詰まる。なにを求められているのか考えると、さらに股間が大きく膨らんだ。

（ま、まさか、先生が……）

一瞬淫らなことを思い浮かべてしまい、首をぶんぶんと左右に振りたくる。かつての担任教師が元教え子に迫るなど、低俗すぎる妄想だった。

「あ……」

そのとき、詩織が小さな声を漏らした。

慎吾の股間をじっと見つめて固まっている。ジーンズの硬い生地が盛りあがっているのに気づいて、目を見開いたまま言葉を失っていた。

最悪の展開だった。慎吾は罵倒されるのを覚悟して肩をすくめた。しかし、事態は思いがけない方向に進んでいく。詩織はベッドにあがると、ほっそりとした指でジーンズのベルトを外しはじめた。

「え……？」

「苦しそうだから……」

彼女はひとり言のようにつぶやき、ファスナーをジジジッとおろしていく。さらにはジーンズに両手をかけて、半ば強引にずりさげてしまう。

「あ、あの……」

突然のことに、どう反応すればいいのかわからない。黒のボクサーブリーフの股間は大きく膨らんでおり、頂上部分には恥ずかしい染みがひろがっていた。

「飯島くん、これは？」

「す、すみません……」

情けない声で謝るが、熱い視線を感じてペニスはますますいきり勃(た)つ。するとボクサーブリーフまであっさり引きおろされて、パンパンに膨張した肉柱が勢いよく飛びだした。

「わっ！」

「ああ、こんなになって……」

詩織は溜め息混じりにつぶやき、コクンと生唾を呑みこんだ。

「わたしが……介抱してあげる」

掠(かす)れた声が艶(なま)めかしい。慎吾は身動きが取れないまま、ジーンズとボクサーブリーフを完全に脱がされた。

4

「せ、先生……」

下半身を裸にされて、慎吾は困惑した声でつぶやいた。

あまりにも現実離れしている。アルコールがまわった頭では、なにが起こっているのか理解できない。それでも淫らなことを期待して、ペニスの先端からカウパー汁がとめどなく溢れていた。

「すごく濡れてる」

詩織は慎吾の脚の間に正座をしている。お辞儀をするように上半身を倒して、鼻先を亀頭に近づけていた。

「はぁ、この匂い……」

むっとするほど牡（おす）の匂いが漂っているが、どこか恍惚（こうこつ）とした表情で深呼吸を繰り返している。両手は太腿の付け根をさわさわと撫でまわしていた。

「こんなに濃いの……久しぶりだわ」

「ううぅっ……」

生温かい息が亀頭に吹きかかるだけで、狂おしいほどの衝動が押し寄せる。我慢汁がトクトクと湧出して、肉竿（にくざお）までぐっしょりと濡らしていた。

「どうして、こんなになってるの？」

詩織が股間に顔を寄せたまま尋ねてくる。

ペニスは臍（へそ）につきそうなほど反り返り、まるで飼い主に媚（こ）びて腹を見せる犬のように、裏側を見事なまでに晒（さら）していた。

「ねえ、飯島くん……どうしてかな？」

慎吾が答えられずにいると、詩織は同じ質問を重ねてくる。意地悪をしているようだが、なにやら切実なものが伝わってきた。

「せ、先生が……魅力的だからです」

誘導されるように口を開く。男根を観察される羞恥に声が震えてしまう。それでも、彼女が求めているであろう言葉をつぶやいた。

「ありがとう。お世辞でも嬉しいわ」

詩織は淋しそうに微笑むと、ペニスの根元に指を絡めてくる。そして、上目遣いに慎吾の顔を見つめながら、亀頭の先端にキスしてきた。

「くぅっ……」

快感が大きすぎて言葉がつづかない。カウパー汁が彼女の唇を濡らしている。それを目にしただけで、異様なまでの興奮が湧きあがった。

「お、お世辞なんかじゃ……」

「いいの、飯島くんは昔からやさしいから」

「お、俺……本当に――おおっ」

慎吾の声は途中から呻き声に変化した。詩織の唇が裏筋に移動したのだ。睾丸(こうがん)に向かってジワジワと舐(な)めさがり、くすぐったさと紙一重の刺激を送りこんでくる。思わず腰をヒクつかせて、両脚をグッと突っ張らせた。

「くおっ……せ、先生っ」

「じっとしててね。介抱してあげたいの……お願いだから」

まるで懇願するような声だった。

詩織は股座に顔を埋めてペニスの根元まで唇を滑らせると、今度は舌を伸ばして裏筋を舐めあがってきた。

「おっ……おおっ……」

慎吾は困惑するばかりで、湧きあがってくる快楽を拒絶できない。男根はさらに硬化して、鈴割れから大量の我慢汁がトプンッと溢れだした。

「ああン、また濡れてきたわ」

詩織はドロドロになった亀頭に再びキスをする。そして、表面を滑らせるようにして、ペニスの先端に唇を被せてきた。

「はむぅぅっ」

「うわっ、ちょっ……くううっ」

温かくて柔らかい口腔粘膜に包まれたと思ったら、蕩けるような快楽の波が股間から全身へとひろがっていく。憧れの担任教師にフェラチオされて、これまでにない愉悦の嵐が吹き荒れた。

（し、詩織先生の唇が……お、俺の……）

細胞という細胞が小刻みに震えだし、自然と腰が浮きあがる。結果としてペニスを突きあげることになり、亀頭が彼女の喉奥に嵌りこんだ。

「あむううっ……」

詩織が苦しげに呻いて、両目を強く閉じる。しかし、唇をキュッと締めつけただけで、ペニスを吐きだすことはしなかった。

「す、すみません……つい……」

慌てて謝罪すると、詩織は亀頭を咥えたまま微かに頷いた。

──大丈夫よ。

そんなやさしい声が聞こえた気がして、胸の奥が温かくなった。

詩織は慎吾の顔を見あげながら、口内の亀頭に舌を這わせてきた。唾液を乗せた舌が、ヌルリヌルリと這いまわる感触がたまらない。彼女は眉を八の字に歪めて、呆けたように瞳を潤ませていた。

「ンっ……ンふぅっ」

「し、詩織先生……うぅっ」

柔らかい唇がカリ首をぴっちり締めつけてくる。さらにはカリの裏側まで丁寧に舐められて、両足のつま先がピーンと伸びきった。

「うはっ……ま、待ってください」

慎吾の声を受け流し、詩織がゆっくりと唇を滑らせる。硬直した肉棒がズルズルと呑みこまれて、有無を言わせぬ快感が急激に膨らんでいく。

「くっ……ううっ、いいっ」

反射的にシーツを強く握り、懸命に奥歯を食い縛った。

もう意味のある言葉を発することができない。股間を見おろせば、夢のような光景がひろがっている。慕っていた女教師がペニスをぱっくり咥えているのだ。訳がわからないまま、押し寄せてくる快楽に耐えるので精いっぱいだった。

「ンっ……ンっ……」

詩織は微かに鼻を鳴らしながら、じんわりと首を振っている。硬化した肉胴をマッサージするように、唾液のヌメリを利用して唇をスライドさせていた。

片手でペニスの根元を支えて、もう片方の手で垂れ落ちる黒髪を押さえている。瞼(まぶた)を半分落として唇を大きく開いた表情が、眺めているだけで射精しそうなほど卑猥だった。

「うむっ……せ、先生……」

慎吾は額に汗の粒を浮かべていた。

鉄のように硬くなったペニスを、柔らかい唇でピストンされる快感は格別だ。全体をずっぽり咥えこまれては、ゆっくりと吐きだされていく。唾液でコーティングされた肉胴が、スタンドの明かりを受けてヌラリと妖しげな光を放っていた。

「ンふっ……はむンっ」

詩織は眉間に微かな縦皺を刻みながら、まるで味わうようにスローペースで首を振る。同時に舌を使って、亀頭をヌルーッとしゃぶりまわされていた。

「うわあッ、そ、そんなにされたら……」

射精感が一気に高まり、切羽詰まった声が溢れだす。ザーメンが噴きあがってしまいそうで、腰が小刻みにプルプルと震えだした。睾丸がキュウッとあがり、もう駄目だと思ったそのときだった。

「ううぅッ！」

「まだよ、もう少し我慢して」

美熟の人妻はふいに顔をあげてペニスを吐きだすと、寸止めされてヒクつく亀頭を見おろした。そして、おもむろに慎吾のシャツを脱がしはじめる。

「せ……先生？」

もう掠れた声でつぶやくことしかできない。あっという間に全裸にされて、妖しい期待感がひろがった。

「あんまり見ないでね」

詩織は慎吾の脚の間で膝立ちすると、小さく息を吐きだした。

恥ずかしそうにしながら、白いブラウスのボタンを外していく。肩をそっと滑らせると、レースをあしらった淡いピンクのブラジャーが露わになった。

さらにタイトスカートもおろすと、やはりピンクのパンティが剝きだしになる。こんもりとした恥丘に、薄布がぴっちり貼りついている様がいやらしい。太腿もむちむちしており、触りたい衝動がこみあげてきた。

(ど、どうなってるんだ？)

生唾が次から次へと溢れてくる。慎吾はペニスをそそり勃たせて仰向けになったまま、元担任教師のストリップを呆然と眺めていた。

「みんなには絶対内緒よ。いい？」

詩織の心は十二年前に戻っているのかもしれない。まるで高校生の慎吾に言い聞かせるようにつぶやいた。

彼女は恥ずかしそうに視線を逸らし、猫のようにしなやかな動きで両手を背中にまわしていく。そして、ブラジャーのホックを外すと、カップを弾き飛ばす勢いで乳房がプルルンッと溢れだした。

「おおっ……」

思わず感嘆の声が漏れてしまう。これ以上ないほど大きく目を見開くと同時に、ペニスがビクンッと反応した。

想像を遥かに上回る完熟の美乳だった。量感たっぷりの乳肉は、下膨れした釣鐘型だ。染みひとつない白い肌がまろやかな曲線を描き、双乳の頂点では濃い紅色の乳首がフルフルと揺れていた。

(これが、詩織先生の……)

高校生の頃、何度夢想したことだろう。毎晩のように想像のなかで憧れの女教師を裸に剥いて、オナニーのおかずにしていた。罪悪感に駆られながらの手淫は最高の快楽だった。

夢にまで見た詩織の乳房が目の前にある。それだけでも息が詰まりそうなほど興奮しているのに、彼女のほっそりとした指がパンティのウエストにかかり、じわじわとおろしはじめたではないか。

「ゆ、夢みたいです……」

「じっと見たらいやよ。恥ずかしいから」

掠れた声で懇願されて、慎吾は首をカクカクと上下させる。しかし、視線は逸らすことなく、熟れた女体を凝視していた。

パンティが捲（めく）りおろされて、ついに女教師の恥丘が見えてくる。清楚なイメージとは裏腹に、漆黒の陰毛が濃く生い茂っていた。パンティを左右のつま先から抜き取って一糸纏（まと）わぬ姿になると、急激に女の色香が濃くなった。

「見ないでって言ったのに……」

「す、すみません……あんまり綺麗だから」

「もう、本当に恥ずかしいのよ」

詩織は羞恥に頬を染めながら、慎吾の股間にそっとまたがってきた。フェラチオだけでも夢のようなのに、彼女はどうやら挿入を望んでいるらしい。

スタンドの淡い明かりが彼女の下半身を照らしている。内腿がヌラヌラして見えるのは、愛蜜が溢れているからだ。どうやら、元教え子のペニスをしゃぶったことで興奮しているらしい。

「せ、先生……」

「こんなことするの初めてなの。信じてね……ンンっ」

詩織は両膝をシーツにつけた状態で、男根に右手を添えると、自ら亀頭を陰唇にヌチャッと触れさせた。そのとき、紅色のビラビラがはっきり見えて、慎吾は危うく暴発しそうになった。

清楚な女教師の陰唇は、たっぷりの愛蜜で濡れ光り、発情したように涎を滴らせている。聖職者でも女なのだという事実が、慎吾を異様なまでに昂ぶらせた。

「は、早くっ、先生ぇっ」

「焦らないで……あぁっ」

詩織がゆっくり腰を落としてくる。亀頭の先端が柔らかい部分を搔きわけて、底なし沼に沈みこむようにズブズブと嵌りこんだ。

「くうっ……」

「あっ……あぁっ……」

慎吾の呻き声と詩織の喘ぎ声が交錯する。反り返ったペニスが蜜壺に呑みこまれて、なかに溜まっていた華蜜がグチュッと溢れだす。結合部は淫らがましく濡れそぼり、発情した牝の匂いがひろがった。

「い、飯島くん……はンンっ」

詩織は腰を完全に落としこんで、股間をぴったりと密着させた。両手を慎吾の腹の上に置き、切なげな表情で見おろしてくる。ペニスが根元まで埋まり、互いの陰毛が絡み合っていた。

「こ、これが、先生の……うむむっ」

「ああンっ……お、大きい」

詩織は複雑な表情を浮かべて喘いだ。

元教え子と関係を持った背徳感にまみれているのか、不貞を犯した罪悪感に怯えているのか、それとも後悔の念がこみあげているのかもしれない。

しかし、詩織が感じているのは間違いなかった。蜜壺全体が小刻みにヒクついて、まるで咀嚼するように男根を食い締めている。膣襞が肉胴に絡みつき、奥へ奥へと引きこむように蠢いていた。

「ううっ……せ、先生……」

「はああンっ……待って、もう少しこのままで」

「お、俺……ううっ」

密着感は強烈だが、膣粘膜に包まれた男根はもっと激しい刺激を欲している。カウパー汁がとめどなく溢れて、腰がぶるるっと震えはじめていた。

なにしろ恋人と別れてから、何年もセックスしていないのだ。蕩けるような媚肉に包まれて、いつまでも耐えられるはずがない。東京でひたすら夢だけを追いつづけてきた慎吾は、久々に滾(たぎ)るような牡の欲望を全開に感じていた。

「俺……俺……もう……もうっ」

「焦らないで、久しぶりだから……ゆっくり」

我慢できないのは詩織も同じらしい。甘い吐息を漏らしながら、腰を前後に振りはじめる。久々の男根の感触を味わっているのか、それとも膣を慣らそうとしているのか、あくまでもスローペースの抽送(ちゆうそう)だ。

「ンっ……あっ……あっ……」

半開きの唇から切れぎれの喘ぎ声が溢れている。結合部からはクチュクチュと湿った音が響いて、目の前では大きな乳房がタプタプと揺れていた。

「くぅっ……まさか先生と、こんなこと……」

詩織が騎乗位で腰を振っている。信じられないが事実だった。青筋を浮かべて硬直したペニスが、濡れそぼった媚肉に包まれている。彼女がねちっこく腰をしゃくりあげるたび、トロトロの蜜穴から出たり入ったりを繰り返した。

「そ、そんなに動かれたら……」

責められているだけだと、すぐに追い詰められてしまいそうだ。慎吾はたまらなくなり、両手を伸ばして乳房を鷲掴みにした。

「ああンっ、触りたいの？」

「す、すごく柔らかいです……ああ、夢みたいだ」

詩織の乳房は奇跡のように柔らかかった。慎吾は感激して執拗に指を沈みこませていく。乳首もそっと摘んで、指先でクニクニと転がした。すると女体がピクピクと反応して、蜜壺の締まりが格段によくなった。

「あンっ……ダメよ、悪戯しないで」

詩織はそう言いながらも腰の動きを加速させる。むっちりした太腿で慎吾の腰を挟みこみ、恥丘を擦りつけるように裸体をくねらせた。

「うわっ、す、すごい……くううっ」

まるで無数の襞にペニスをしゃぶりあげられるような快感がこみあげる。さらにヌプヌプと出し入れされて、思わず尻がシーツから浮きあがった。

「き、気持ちいい……ううぅッ」

「ああッ、ダメっ、そんなに奥までっ」

「なんかコリコリして……くおおッ」

ペニスを奥まで突き刺すことになり、亀頭の先端が子宮口を圧迫する。途端に蜜壺がキュウッと締まって、いよいよ切迫した射精感がこみあげてきた。

「くううッ、詩織先生っ！」

もう我慢できなかった。乳首を指の股に挟みこみ、豊満な乳房を揉みまくる。下から腰をズンズンと突きあげて、ペニスを好き放題に出し入れした。

「ああッ、う、動かないで、あああッ」

「す、すみません、腰が勝手に……おおおッ」

「あッ……あッ……当たってる、はううッ」

詩織の唇から艶めかしいよがり泣きが響き渡った。

女体が大きく仰け反り、くびれた腰がぶるるっと震えだす。半開きになった唇の端から、透明な涎がツーッと滴り落ちる。とても教師とは思えない淫蕩な顔になり、蜜壺をキュッ、キュッと断続的に締めつけてきた。

「うおッ、すごっ……し、締まるっ」

「はンンっ、やだ、わたし、もう……」

やがて彼女もなにかを吹っ切ったように、より積極的に快楽を貪りはじめる。女体を艶めかしく波打たせて、勃起を奥まで迎え入れていく。亀頭を子宮口に密着させた状態でグイグイと腰を使い、これでもかと男根をねぶりあげてきた。

「そ、それ……す、すごいです」

慎吾も負けじと股間を突きあげる。ベッドのスプリングを利用してリズミカルに責めたてた。

「あッ……ああッ」

ペニスの抜き差しに合わせて、詩織も股間をテンポよく前後させる。夫婦の寝室だというのに、元教え子にまたがって激しく腰を振っていた。

「も、もう、俺……くううッ」

膣襞が卑猥にうねり、男根がさらに奥へと引きこまれていく。膣口が恐ろしいほどに締まって、肉胴をギリギリと締めつけた。

「ああッ、飯島くん、先生も気持ち……あッ、あッ」

詩織の喘ぎ声も大きくなってくる。アクメが近づいているのは明らかだ。二人して息を乱しながら、快楽の頂点に向かって腰の動きを加速させた。

「おおッ、で、出ちゃいそうですっ……おおッ、おおおッ」

「あッ、あッ、あッ、い、いいっ、はあああッ」

獣（けもの）のように呻き、あられもなく喘ぎながら、本能のままに腰を振りたくる。互いの粘膜を擦り合わせて、ねばっこい欲情の汗を滴らせた。

「くおおッ、も、もうっ……くううッ、で、出るっ、うおおおおッ！」

「わ、わたしも、あああッ、イ、イキそうっ、あぁッ、イクっ、イクううぅッ！」

慎吾がザーメンを噴きあげると同時に、詩織もアクメのよがり泣きを迸らせる。女体を弓なりに反り返らせて、感電したように腰をビクビクと震わせた。

これまで体験したことのない最高の快楽だった。

崩れ落ちてきた女体をしっかりと抱きとめながら、慎吾は挿入したままのペニスをしつこく脈動させる。汗ばんだ肌と肌を擦り合わせて、最後の一滴まで欲望の汁を憧憬の女教師の体内に注ぎこんだ。

第二章　元マネージャーの甘肌

1

同窓会から六日後――。

雄治の提案で一泊のスキー旅行にやってきた。

ワゴンタイプのレンタカーを借りて、車で一時間ほどの場所にあるスキー場まで交代で運転した。とはいっても、慎吾だけが免許を持っておらず、なんとなく肩身が狭かった。

参加メンバーは慎吾と雄治、それに紗希、遥香、麻奈美、由希子の計六人。元ラグビー部員がもうひとり来る予定だったが、急な仕事で来られなくなった。結果として男二人に対して女四人という、なんとも美味しい展開となっていた。

先日の同窓会のとき、雄治が思いつきで言いだして急に決まった旅行だったので、一泊とはいえ大勢は集まらなかった。なにしろクラスメイトのほとんどが結婚している。男は仕事や家族サービスがあるし、女もなかなか家を空けられないのだろう。

結局、最初に参加が決まったのは慎吾と雄治と遥香という元ラグビー部でとくに仲の良かった三人だ。そして、雄治と遥香がみんなに声をかけまくり、奇跡的に美人が三人も加わった。

同窓会で帰郷したのに、まさか美女たちに囲まれて旅行することになるとは思いもしなかった。しかも、高校時代に片想いしていた紗希がいる。慎吾は車中でひとり緊張していた。

宿泊する場所は、雄治の実家が所有している別荘だ。

慎吾の実家よりもはるかに大きなコテージは、高級別荘地のなかでもとくに目立っていた。普通に住めるサイズの建物が、たまにしか使わない別荘なのだから、やはり金持ちというのはスケールが違う。ここまで庶民感覚からかけ離れていると、もはや嫉妬すら湧かなかった。

コテージにはゲストルームが三部屋もあるというから驚きだ。部屋割りは行きの車内で決めた。慎吾と雄治は即決定、女性陣は紗希と由希子、遥香と麻奈美、という組み合わせになった。

一泊なので時間がない。荷物を別荘に置くと、急いでスキー場に向かった。

雄治以外はみんな久しぶりだという。スキー用品は誰も持っておらず、ウェアからスキー板まですべてレンタルした。

「なんか昔に戻ったみたいだね」

雪山をバックに、麻奈美が珍しくはしゃいだ声をあげる。昔は不良っぽくて斜に構えていたが、本人なりに学生時代を楽しんでいたのかもしれない。ピンクのスキーウェアが意外と似合っており、確かに高校生に戻ったようだった。

信州では体育の授業で普通にスキーが行われていた。

学校の裏山で滑ったり、雪が積もったグラウンドでクロスカントリーの練習をしたりが冬の定番だ。小学校のときも中学のときも当たり前のようにスキー授業があった。

「フフッ……気持ちいいわ」

紗希もにっこり微笑んで、雪に覆われたゲレンデを見あげている。

空は晴れ渡っており、最高のスキー日和だ。日の光が雪にキラキラと反射して、彼女の整った顔を照らしていた。

（紗希さんって、やっぱり美人だよなぁ）

思わず溜め息が漏れてしまう。ブルーのスキーウェアを着た慎吾は、遠くの雪山を眺める振りをして、紗希の横顔を見つめていた。

「ちょっと慎吾、なにいやらしい目で見てるのよ」

いきなり耳もとで囁かれてドキッとする。慌てて振り返ると、腕組みをした遥香が立っていた。

「ど、どこが、いやらしい目だよ。俺は別に……」

慌てて反論するが、紗希のことを見ていたのは事実だ。最後のほうは声が小さくなり、顔が熱くなってしまう。

「ふうん、本命は紗希なんだ」

遥香はなぜか伏し目がちになってつぶやいた。しかし、すぐに気を取り直したようにニヤリと笑いかけてくる。

「そっか、珍しくこっちに帰ってきたのは、婚活も兼ねてたってわけね」

「ばっ……ち、違うよ」

「あ！　今、バカって言おうとしたでしょ」

「そんなこと言うかよ」

「ウソっ、絶対バカって言いかけた」

どうでもいいことなのに、二人してむきになる。こんなちょっとしたやりとりが懐かしい。

ラグビー部の練習が終わった後、オレンジ色の夕日に染まったグラウンドで、よく些細なことで言い合いをした。

真面目に走ってないとか、プレーが怠慢だとか、もっと筋トレをしろとか、そもそも根性が足りないとか、最初に突っかかってくるのは大抵遥香のほうだった。部員たちが面白がって眺めているなかでヒートアップして、見かねた雄治が止めに入るというのがいつものパターンだった。

きっと遥香も同じことを思いだしているのだろう。唇を尖らせて言い返してくるが、頬には隠しきれない笑みが浮かんでいた。

「慎吾ってラグビーはそこそこ上手かったけど、恋愛に関してはからっきしだもんね」

遥香が投げつけてきた言葉に、思いがけず胸の鼓動が速くなる。

褒められたことなど一度もないので、「そこそこ上手かった」と言われただけでも心に響くものがあった。

「ど、どういうことだよ」

慎吾はなんとか気持ちを立て直すと、照れ隠しに怒ったような口調で言い返した。

「だから、女の子の気持ちがわかってないっていうか……」

ふいに遥香が言葉を詰まらせる。慎吾はここぞとばかりに反撃に出た。

「俺はラグビー一筋だったからな。女のことなんてどうでもよかったんだよ」

「そんなだから三十になっても結婚できないのよ！」

二人の声がどんどん大きくなっていく。すると、江口由希子が呆れたように間に割って入ってきた。

「遥香ちゃん、どうしたの？」

おっとりした調子で遥香に微笑みかける。あまり共通点がなさそうな二人だが、意外と馬が合うのかもしれない。遥香はすぐさま由希子に身を寄せると、慎吾をにらみつけてきた。

「慎吾が紗希のこと、すっごいスケベな目で見てたのよ」

「え……飯島くん、そういう人だったの？」

遥香がおおげさに伝えると、由希子は驚いたように目を丸くする。どうやら、本気にしているようだった。

「遥香、いい加減なこと言うなよ。江口さん、こんな奴の言うこと信じないでよ」

「ちょっと、こんな奴ってどういうことよ！」

「つたく、いちいち絡んでくるなって。ほんと成長してないな」

端からは不毛な会話に見えるかもしれない。しかし、東京では体験できなかったこんな時間が、慎吾には心地よかった。

「おーい、早く滑ろうぜ」

雄治がリフト乗り場のほうから手招きする。いつの間にか、麻奈美と紗希も順番待ちの列に並んでいた。

「わたしたちも行きましょう」

由希子にうながされて、慎吾と遥香も慌ててリフト乗り場に向かった。

同窓会のときは多少緊張していたが、今は高校時代に戻った気分だ。とにかく、無条件に楽しかった。雄治が旅行を計画してくれたおかげだ。まさか久々の帰郷で、みんなとスキーができるとは思っていなかった。

高校を卒業して以来のスキーだが、幼い頃から慣れ親しんできたので体が覚えている。最初はみんなで談笑しながら、ゆっくりとゲレンデを流した。

何度かリフトに乗って調子が出てくると、徐々に個人のペースになってバラバラになっていく。スピードを出したい者、のんびりと景色を眺めながら滑りたい者、それぞれ思い思いに楽しんでいた。

慎吾は仲間に何度も追い抜かれながらスローペースで滑っている。信州の大自然と澄んだ空気を満喫していた。

こうして遠くの山々を眺めていると、時間の流れがゆっくりになる気がする。東京では仕事に追われて、これほどのんびりした気分にはなれなかった。やはり生まれ故郷の空気が、一番肌に合うのかもしれない。

(先生、どうしてるかな……)

ふと詩織の顔が脳裏に浮かぶ。あれから意識して考えないようにしているが、気を抜いているときに思いだしてしまう。なにしろ、美麗な元担任教師と激しく腰を振り合ったのだから……。

夢のような時間だった。いや、もしかしたら本当に夢だったのかもしれない。癒されたいという願望が、自分に都合のいい夢を見せただけではないのか。しかし、媚肉に包まれて射精した愉悦の記憶は、ペニスにしっかりと残っていた。

きっと落ちこんでいる教え子を元気づけたい一心だったのだろう。詩織自身も仕事でストレスを感じていた。そのせいで夫とぎくしゃくして、欲求不満を抱えているようだった。

詩織は濃厚なフェラチオの後、騎乗位でまたがってきた。二人して欲望のままに腰を振り、慎吾は睾丸が空になるまで精液を注ぎこんだ。

同時にアクメを貪ると、もうこのまま離れたくないという思いが湧きあがった。名残惜しくて、しばらく無言で抱き合っていた。ようやくペニスを引き抜くと、詩織はどこかすっきりした様子で微笑んだ。

「もう一度生徒たちと向き合ってみるわ。それに……夫ともね」

そう言って頬にチュッと口づけしてくれた。

一度きりの関係だということは確認するまでもない。少し淋しい気もしたが、そのほうが後腐れがなくていいだろう。

気づくと慎吾の心も少しだけ軽くなっていた。

女体から与えられる快感に溺れたことで、一時的にしろ癒されたらしい。若干でも元気を取り戻したからこそ、こうして仲間とスキーを楽しむことができる。詩織には感謝してもしきれない。そして、詩織と過ごした熱い夜のことは、もちろん二人だけの秘密だった。

「ふぅっ……かなり滑ったな」

軽く流して滑っているだけでも、運動不足の体にはこたえる。

なにしろ東京では一日中パソコンの前に座りっ放しだ。取材で出歩くこともあるが、基本的に引きこもりのような生活を送っていた。

これ以上滑ると、明日は筋肉痛で起きあがれなくなる。適当に切りあげたほうがいいだろう。別荘までは歩いても十分ほどだ。疲れたらいつでも自由に帰れるようにと、あらかじめ雄治から全員に合い鍵が渡されていた。

(ちょっと早いけど……)

もう少し滑りたい気もするが、先に帰って休憩を取ることにする。夜は宴会になるだろうから、体力を残しておきたかった。

みんなに声をかけると、かえって気を遣わせてしまう。雄治あたりが、みんなで帰ろうと言いだすに決まっている。連絡は携帯でとれるので、とりあえずひとりで別荘に戻ることにした。

慎吾はレンタルのスキー用品を返却すると、先ほど車で来た道を歩いて戻った。

一本道なので迷うことはない。コテージに到着すると、ポケットから合い鍵を取りだした。

「……ん?」

解錠したつもりなのに、なぜかドアが開かない。不思議に思いながら、もう一度合い鍵を差してまわしてみる。カチャリと音がしたのを確認して、あらためてノブに手をかけた。

（なんだ不用心だな）

今度はあっさりドアが開いたので、どうやら鍵をかけ忘れていたらしい。しっかり者の雄治にしては珍しいミスだ。しかし、玄関に入ると、男物と女物の靴が一組ずつ並んでいた。

（あれ？　誰かいるぞ）

どうやら先に帰ってきた者がいるようだ。

ひとつは雄治の靴に間違いない。では、女性はいったい誰なのか、慎吾は四人の顔を順番に思い浮かべながら廊下を進んだ。

ところが、リビングはがらんとしていた。

てっきり雄治と誰かが談笑していると思ったのだが、無駄に大きなテレビとソファセットがあるだけだ。

二階のゲストルームにいるのだろうか。

なにか釈然としない。慎吾はリビングを出ると階段をあがった。こういうのを虫の知らせというのだろうか。無意識のうちに足音を忍ばせていたのは、これから目にすることを予感していたからかもしれなかった。

紗希と由希子が使っている部屋から人の気配がした。

（もしかして、紗希さんが戻ってるのか？）

そう思った途端、不安が急激にひろがっていく。紗希がひとりなら問題ない。しかし、雄治がいっしょとはどういうことだろう。

（まさか、あの二人……）

恐るおそるドアに近づいていく。

木製のドア越しに、微かな声が聞こえてくる。話している内容まではわからないが、男と女が会話しているのは間違いない。みんなから離れて、密室で二人きりになっている。しかも、雄治が慎吾にまで秘密にしている時点で、なにかを勘ぐらずにはいられなかった。

（きっと、俺には言えない関係なんだ……）

慎吾はドアノブに手をかけると、ゴクリと生唾を呑みこんだ。

覗きは最低の行為だと思う。しかし、確かめずにはいられない。親友と片想いの女性が、二人きりになっているのだ。

真実を知ってどうするのか、そこまでは考えていない。とにかく、本当のことが知りたかった。

慎吾は予想が間違っていることを祈りながらノブをそっとまわし、音をたてないように気をつけて押し開いた。

2

『なあ、いいだろ？』

『あンっ、今はダメよ』

ドアをほんの数センチ開けただけで、男女の会話が流れだしてきた。

慎吾は緊張でこわばった顔を、わずかなドアの隙間に近づけていく。そして、室内を覗きこんだ瞬間、思わず声をあげそうになった。

（え……？）

十畳ほどの部屋にシングルベッドがふたつ置かれている。その奥の窓際で、男女が抱き合っていた。

男は予想通り雄治だが、女のほうはなんと由希子だった。二人は窓から差しこむ日の光をバックに、ぴったりと身体を寄せ合っていた。

（どうして、あの二人が……）

雄治はジーンズにダンガリーシャツというラフな格好で、由希子はフレアスカートに白いブラウスを着ている。ついさっきスキー場から戻ってきたばかり、といった雰囲気だ。

『せっかく旅行に来たんだからさ』

『でも、みんながいっしょでしょ……はンっ』

雄治が首筋に顔を埋めるようにして囁くと、由希子がくすぐったそうに肩をすくめる。なにやら甘ったるい空気が二人を包みこんでいた。

（雄治が……江口さんと？）

思いがけない組み合わせだった。

考えてみれば、この部屋は紗希と由希子が泊まることになっている。しかし、片想いをしていた紗希のことばかりが気になって、雄治の相手が由希子である可能性はまったく予想していなかった。

（そっか……違ったんだ）

紗希でなかったことにほっとすると同時に、意外なカップルの逢瀬に惹きつけられてしまう。いけないと思いつつ、ついつい息を呑んで見つめていた。

『キスだけならいいだろ？』

『もう、なに言ってるの』

雄治の両手は由希子の背中にしっかりとまわされている。指先で背筋をそっと擦られるたび、女体がくなくなと蠢くのが艶めかしい。

『ちょっとだけだからさ、本当にちょっとだけ』

『いつもちょっとじゃすまないでしょ』

執拗にキスを迫る雄治を、由希子が上手くあしらっている。このやりとりを見ただけでも、二人の仲が親密なのは伝わってきた。

『俺、ゆきちゃんとキスするまで離れないよ』

どうやら雄治は、由希子のことを「ゆきちゃん」と呼んでいるらしい。これはもう交際していると思って間違いなさそうだ。

確か二人は半年くらい前にばったり街で再会したと言っていた。もしかしたら、その直後から付き合いはじめたのだろうか。

『あンっ、もう……』

根負けしたように、由希子が唇を与えた。抗(あらが)っていたのはポーズだったのか、すぐに両腕を雄治の首にまわしていく。

『強引なんだから……ンンっ』

『ゆきちゃん、好きだよ』

『あン、わたしも……はンンっ』

うっとりと睫毛を伏せた表情がドキリとするほど色っぽい。部屋のなかが明るいので、すべてが手に取るように見えてしまう。

顔を少し傾けて、唇を半開きにするのがわかった。舌を絡ませているらしく、ピチャピチャという湿った音が聞こえてくる。二人は唇を密着させて、しばらくディープキスに耽っていた。

(こ、これ以上はマズいよな)

そう思うのだが、なかなか視線を逸らすことができない。意外な二人のキスシーンを見てしまったせいもあるが、高校時代は物静かだった由希子が大人の女になっていたことに驚いていた。

『はぁ……もうおしまい』

長いディープキスを解くと、二人の唇の間に透明な唾液がトローッと糸を引く。由希子は潤んだ瞳で雄治を見つめながら、溜め息混じりにつぶやいた。

『これ以上はダメよ』

『そんなぁ、もうこんなになってるんだぜ』

キスは終わってても抱き合ったままだ。雄治が股間を突きだすようにして、腰を左右に揺らしはじめた。

『ヤンっ……雄治のエッチ』

由希子は上目遣いに甘くにらみつけるが、無理に離れようとはしない。それどころか、雄治の腰に両手を添えて、口もとにうっすらと笑みさえ浮かべていた。

二人きりのときは「雄治」と呼んでいるらしい。心を通わせた恋人同士の親密な雰囲気が漂っていた。

どうしても昔の大人しいイメージが先行するが、由希子はすでに一児の母で未亡人だ。男と女のことに関しては、慎吾よりもはるかに経験を積んでいる。教室でひとり読書ばかりしていた由希子も、ラグビー部の元キャプテンでバリバリ体育会系の雄治をあしらえるようになっていた。

『なあ、頼むよ』

『誰か戻ってきたらどうするの？』

『でも、ほら、カッチカチ』

『あン、ダメよ……旅行から帰ってからね』

雄治が猫撫で声で迫れば、由希子はそれをかわそうとする。

二人は至近距離で視線を絡ませたまま、見ているほうが恥ずかしくなるようなやりとりを繰り返していた。いつから付き合っているのか知らないが、かなり深い関係なのは間違いなかった。

(雄治の奴、いつの間に……)

なぜか裏切られたような気持ちになってしまう。しかし、雄治は独身だし、由希子は未亡人だ。誰からも文句を言われる筋合いはない。人妻となった元担任教師と関係を持った慎吾のほうが、よほど問題ありだった。

わかっているのに落ち着かないのは、自分ひとりが取り残されたような気がするからだ。恋愛をしている雄治が羨ましくてならない。それに数少ない独身組が減るのは淋しかった。

『俺、もう我慢できないよ』

『あっ……』

二人が折り重なるようにして、ベッドの上に倒れこむ。どちらからともなく唇を重ねて、先ほどよりも激しいキスがはじまった。

(さすがに、もう……行かないと……)

慎吾は罪悪感に駆られながらも、やはり身動きできなかった。

これからなにが行われるのか、気になって仕方がない。清純な文学少女だった由希子が、どんなふうに喘ぐのか見てみたかった。

雄治がキスをしながら、由希子の胸に手を伸ばす。ブラウスの膨らみに手のひらを重ねて、やさしく捏ねるように揉みしだいた。

『あふぅ……』

由希子は抵抗することなく、雄治の頭を両手で抱えている。唇は密着したままで、ディープキスへと変化していった。

『ンっ……ンっ……』

彼女の鼻にかかった微かな呻きが、廊下で立ちすくんでいる慎吾の耳にも届いている。キスをして服の上から胸を揉んでいるだけなのに、ハードなＡＶを見たとき以上に興奮していた。知り合い同士が本気で舌を絡めている姿というのは、あまりにも衝撃的だった。

『ゆきちゃん……』

『もう……いけないひと』

雄治に熱く見つめられて、由希子が目の下を赤く染めあげる。押し倒されてその気になったのか、まるで誘うような表情で見つめ返した。

ブラウスが雄治の手で脱がされて、花をあしらった薄いピンクのブラジャーに包まれた乳房が露わになる。さらにスカートも取り去られて、やはりピンクのパンティが剝きだしになった。

奥のベッドなので少し離れているが、それでも彼女の素晴らしいプロポーションは確認できた。乳房はブラジャーからこぼれそうなほど大きく、腰は滑らかなS字ラインを描いている。もちろん、ヒップにもたっぷりと脂が乗っていた。

（す、すげぇ……）

大人しかった由希子の意外にもグラマーなボディに息を呑む。子供を生んだ女体は全体的にふんわりと丸みを帯びており、どこもかしこも柔らかそうだ。こうして覗き見しているだけで、頭がクラクラするほどの迫力だった。

雄治はシーツと彼女の背中の間に手を差し入れて、苦労しながらブラジャーのホックを外した。途端に大きな乳房が溢れだし、由希子が恥ずかしそうに身をよじる。さらにパンティもおろされて、恥丘に茂る陰毛が日の光に照らされた。

（これが、江口さんの裸……）

もう視線を逸らすことなど考えられない。慎吾は瞬きすることも忘れて、元クラスメイトの白い肌を凝視していた。

正直なところ、由希子がこれほど色っぽい身体をしていると思わなかった。これが未亡人の色香なのかもしれない。強烈な牝のフェロモンが、慎吾のもとにも漂ってくるようだった。

『すごく綺麗だよ』

親友の気障なつぶやきが、聞いているだけで恥ずかしい。しかし、言葉をかけられた由希子は嬉しそうに微笑んでいた。

『わたしだけなんて……雄治も』

『お、おう……』

雄治も慌てて服を脱ぎ、グレーのボクサーブリーフ一枚になる。高校時代にラグビーで鍛えた体は、さすがにがっしりしていた。

『じゃ、まずはここから』

『そんな、いきなり……ああっ』

由希子が困惑したようにつぶやき、裸体をビクッと仰け反らせる。いきなり下肢をM字型に押し開かれて、股間にしゃぶりつかれたのだ。雄治の荒い息遣いに混じって、ピチャピチャという水音が聞こえてきた。

『あっ……あぅっ……ダ、ダメぇ』

淫裂を舐められているのだろう。由希子の唇から切なげな喘ぎ声が溢れだす。ダメと口走りながら、自ら股間を突きあげていた。

『のんびりしてたら、誰かが帰ってくるかもしれないからな』

雄治は股間に顔を埋めたままつぶやくと、再びねちねちと舌を使いはじめる。由希子は声を抑えようとしているのか右手の甲を唇にあてがい、たまらなそうに腰をヒクつかせた。

(感じてるんだ……あの江口さんが……)

衝撃的な光景だった。高校時代の清楚な姿を知っているだけに、クンニリングスされて喘ぐ由希子の姿に驚かされる。慎吾はいつしかジーンズの股間をパンパンに膨ませて、ボクサーブリーフのなかを我慢汁でぐっしょり濡らしていた。

近い方のベッドで見せつけられたら、自制できなくなってペニスをしごいていたかもしれない。それほどインパクトのある出来事だった。

『あっ……ンっ……ンっ』

淫裂を何度も舐めあげられている。もしかしたら、同時にクリトリスも転がされているのかもしれない。由希子はいつしか両手で雄治の頭を掻き抱き、腰をぶるるっと震わせていた。

『ね、ねえ、そんなにされたら……あンンっ』

決して派手ではないが、本能に訴えかけるような喘ぎ声だ。下肢を大きく開いて悶える姿も、眉を八の字に歪めた表情も悩ましい。覗き見しているという背徳感が、ますます興奮を高めていた。

（も、もう我慢できない……）

懸命に耐えてきたが限界だった。

慎吾はドアの隙間に顔を寄せた状態で、右手をそろそろと股間に伸ばしていく。性欲は爆発寸前まで高揚している。もう一刻も早く射精しないと、どうにかなってしまいそうだ。

震える指先でジーンズのファスナーを摘み、今まさにおろそうとしたとき、いきなり背後から肩をポンッと叩かれた。

（ひぅっ……）

危うく絶叫するところだった。喉もとまで出かかった悲鳴を、ぎりぎりのところで呑みこんだ。頬を引きつらせながら恐るおそる振り返ると、勝ち誇ったような顔の遥香が立っていた。

腰に手を当てて、どうだと言わんばかりに胸を張っている。

室内の様子には気づいておらず、ただ単に悪戯しただけらしい。高校時代は廊下で見かけると、よくこうやって驚かせ合っていた。彼女にしてみれば、昔を思いだして悪ふざけしたのだろう。しかし、今はそれどころではなかった。

(シッ!)

慎吾はなにか言おうとした遥香の口を、慌てて手のひらで塞いだ。

「ンっ……」

間一髪だった。必死に絶叫をこらえたのに、ここで普通に話しかけられたらアウトだ。驚かそうとした遥香は、逆に両目を大きく見開いた。

(し、ず、か、に)

声には出さず、唇の動きだけで意思を伝える。すると、彼女は目を丸くしたまま、こっくりと頷いた。緊急事態だということは理解してくれたらしい。そっと手を離すと、彼女も唇の動きで「なに?」と尋ねてきた。

(まいったなぁ……)

こうなってしまった以上、秘密にしておくことはできない。覗きをしていたことがばれて、遥香に軽蔑されてしまう。しかし、オナニーをはじめる前だったのが、せめ

ても の救いだった。

「なんでここにいるんだよ」

耳に口を寄せて小声で尋ねる。すると、遥香も耳もとで囁きかけてきた。

「慎吾が帰るの見えたから、追っかけてきたの」

まだ状況を把握していないので、彼女の表情はどこか楽しげだ。慎吾はますます真相を明かすのがつらくなった。

なぜ遥香が追いかけてきたのか釈然としないが、今はそんなことを言っている場合ではない。先ほどから由希子の悩ましい声が漏れ聞こえており、遥香もドアのほうをチラチラと気にしはじめていた。

「なに、この声？」

「こ、これは……」

慎吾は覚悟を決めると、念を押すように口の前で人差し指を立てる。「絶対に声を出すなよ」と囁き、ドアの隙間を指差した。

遥香は緊張の面持ちで、わずかな隙間に顔を寄せていく。そして、室内に視線を向けた途端、両手で口を塞いで肩をビクッと震わせた。

「ウ……ウソ」

友人たちの行為を見てショックを受けているのは、慎吾の卑劣な行為のほうだろう。いや、彼女を驚かせているのは、慎吾の卑劣な行為のほうだろう。

これで覗きをしていたことがばれてしまった。最低のことをしていたとはいえ、仲のよかった遥香に嫌われるのはつらすぎる。咎められるのを覚悟するが、彼女は部屋のなかをじっと覗きこんだまま動かなかった。

遥香はチェックのシャツにタイトジーンズを穿いている。少し前屈みになっているため、むちむちのヒップラインが強調されており、活発なイメージの強い遥香を妙に色っぽく見せていた。

（お、おい、なに固まってるんだよ……）

慎吾も気になって、遥香の頭の上からドアの隙間に顔を寄せていく。すると、驚くべき光景が目に飛びこんできた。

『おお、気持ちいいよ』

『はンンっ……ここがいいの？』

ベッドの上で仁王立ちした雄治の前に、由希子が正座をしている。窓から日の光が差しこんでおり、二人の裸体をはっきりと照らしていた。

勃起した男根はなかなかの大きさだ。まるで高校生のように反り返り、裏側をさらけだしていた。由希子は肉柱を掲げ持つようにして、唇からチロッと覗かせた舌で裏筋を舐めあげている。瞳をうっとりと細めながら顔を上下させていた。

『そ、そろそろ咥えてくれよ』

『フフッ……我慢できなくなったの？』

由希子は嬉しそうに微笑むと、張り詰めた亀頭をぱっくりと咥えこむ。上目遣いに雄治の顔を見つめつつ、太幹をズルズルと呑みこんでいった。

『ンっ……ンふぅっ』

『おおっ……』

由希子のくぐもった声と、雄治のだらしない呻きが聞こえてくる。ついに本格的なフェラチオがはじまり、淫靡な空気がぐんと濃くなった。

唇が前後にスライドするたび、唾液でヌメ光る肉竿が見え隠れする。由希子は瞳を閉じて、さも美味そうにペニスをしゃぶっていた。

（江口さんが、ここまで大胆に……）

知り合い同士がフェラチオに耽っている姿は衝撃的だ。慎吾は何度も生唾を呑みこみながら、由希子の口もとを見つめていた。

窮屈なジーンズのなかで、ペニスは勃起しっぱなしだ。こうしている間も、カウパー汁が大量に溢れつづけている。しごきたい衝動に駆られるが、遥香が来てしまった以上は我慢するしかなかった。

いつまでも眺めていたい気持ちを振り切り、なんとか視線を引き剝がす。そして、石のように固まっている遥香の耳もとに口を寄せた。

「俺が帰ってきたら、二人が……別に覗こうとしたんじゃないからな」

なにやら言いわけじみてしまうが、とにかく状況を説明しておきたかった。いきなりこんな光景に出くわしたら、誰でもつづきを見たくなるだろう。

実際、遥香も夢中になって室内の様子を凝視している。慎吾の声は聞こえているはずなのに、返答する余裕がないらしい。かつてのクラスメイトなら、なおのこと興味を惹かれるはずだった。

「や、やっぱり、見るのはマズいよな？」

なにを言っても遥香は反応せずに覗きつづけている。慎吾も我慢できなくなり、もう一度ドアの隙間に顔を押しつけた。

『ヤンっ、恥ずかしい』

いきなり四つん這いになった由希子の姿が視界に飛びこんでくる。心臓がドクンッと激しく跳ねあがり、先走り液がドバッと溢れだした。

ちょうど真横から眺める位置だった。由希子は肘までシーツにつけた状態で、むっちりとしたヒップを高く掲げている。そして、背後で膝立ちしている雄治を振り返り、媚びるような視線を送っていた。

『これでいい？』

『うん、たまらない。すごくいやらしい格好だよ』

雄治は尻たぶに両手をあてがうと、さも愛しそうに撫でまわす。ときおり指を食いこませて、柔肉がぷにっと歪むのが卑猥だった。

『この格好、すごく恥ずかしいのよ』

『でも、ゆきちゃんも興奮するんだろう？』

『もう……意地悪』

そんな甘ったるいやりとりも前戯になっているらしい。由希子は焦れたように腰をくねらせて、豊満なヒップをゆらゆらと揺らしはじめた。

『じゃ、いくよ』

『早く……あっ、はああっ』

ついに雄治が腰を送り出し、ペニスがヒップの狭間に押しこまれる。女壺を貫かれた由希子は、背筋をビクンッと反り返らせて、感極まったような嬌声を迸らせた。

『ああああっ、雄治』

『おおっ、ゆきちゃん』

由希子の豊満なヒップにのしかかるようにして、雄治がペニスを一気に根元まで挿入する。そして、間髪を入れずにピストンを開始した。

『あっ……あっ……』

元クラスメイト同士による、まぎれもないセックスだ。

由希子の堰を切ったような喘ぎ声が、廊下にもはっきり流れてくる。綺麗なカーブを描く背中が生々しい。突かれるたびに顎が跳ねあがり、バラバラに乱れた黒髪が宙を舞った。

『おっ……おおっ……』

よほど興奮しているのか、雄治は全身を使って腰を打ちつけていく。ラグビー部のキャプテンだっただけあって、なかなかパワフルなピストンだ。由希子の腰をがっしりと掴み、尻を打擲するようにパンパンッと小気味いい音を響かせていた。

『は、激しい、ああッ、激しいわ』

『くおっ……ゆきちゃんもすごく締まってるよ』

仲間といっしょに来た別荘で隠れてセックスすることで、背徳感が高まっているのかもしれない。二人ともずいぶん興奮した様子で腰を振り合っている。ヌチャヌチャという湿った音も、どんどん大きくなっていた。

『ね、ねえ、わたし……あッ、ああッ、わたし……』

『俺もだよ……くううッ、いっしょに』

絶頂が近いのかもしれない。振り返った由希子が涙目で訴える。すると雄治は激しく腰を使いながら、彼女の背中に覆い被さった。両手で乳房を揉みしだき、さらにピストンスピードをアップさせた。

『あああッ、い、いいっ、あああッ、もうダメぇっ』

『くうッ、お、俺も……おおおッ、ぬおおおおおッ！』

雄治が野太い呻き声をあげながら腰を震わせる。それと同時に、由希子も四つん這いの裸体に痙攣を走らせた。

『はああッ、もうイッちゃうっ、あああッ、イクっ、イクううッ！』

艶めかしいアクメの声が響き渡る。文学少女で清純だった由希子が、獣のポーズでよがり泣きを振りまいた。

二人はそのまま折り重なるように、ぐったりと倒れこむ。ペニスは突き刺さった状態で、荒い息遣いだけが聞こえていた。

「や、やだ……」

遥香の囁く声で、慎吾ははっと我に返った。

（ヤ、ヤバ……つい……）

つい夢中になって覗いていた。ドアから顔を離すと、遥香が恥ずかしそうに見あげてくる。いっしょになって覗き見したことで、なにやら共犯意識のようなものが芽生えていた。

「あ、あのさ……俺の部屋に行こうか」

いつまでもここにいると、二人に見つかってしまいそうだ。慎吾が小声で提案すると、遥香は視線を逸らしたまま小さく頷いた。

3

「あの二人、付き合ってたんだ」

遥香はベッドに座り、ぽつりとつぶやいた。

「そうみたいだね……俺も知らなかった」

慎吾は少し離れて腰掛けている。なにしろ旧友の生々しい情交を見た直後だ。互いに気まずくて、まともに目を合わせられなかった。

　雄治と由希子がいる部屋はふたつ隣なので、こちらの話し声が聞こえることはないだろう。もちろん、向こうの部屋の様子もわからない。しかし、あの雰囲気なら第二ラウンドに突入しているような気がした。

（ううっ、マズいぞ……）

　バックで繋がった二人の姿が頭から離れない。

　ジーンズの股間が激しく突っ張っており、それを隠そうとして無理に脚を組んでいた。由希子の恥態を見たことで、ペニスがかつてないほど勃起している。ボクサーブリーフの内側が、大量に溢れた我慢汁でヌルヌルして気持ち悪かった。

「なんか……すごかったね」

　遥香の顔が赤く染まっていた。

　かつてのクラスメイトの情事を目の当たりにして動揺したのはわかるが、なにやら様子がおかしかった。先ほどから、タイトジーンズの内腿をもじもじと擦り合わせている。まさかとは思うが、彼女も興奮したのだろうか。

「そ、そういえばさ、どうしてここに戻ってきたんだ？」

　とりあえず話題を変えたかった。あの光景を頭から追いださないと、永遠に勃起したままだ。遥香にばれる前に、なんとかして興奮を静めなければならない。

「慎吾が帰るの見えたから」

それはさっきも聞いている。慎吾が知りたいのは、なぜ追いかけてきたか、ということだ。もう一度問いかけようとしたとき、遥香が自ら切りだした。

「じつはさ、言っておきたいことがあったんだよね」

妙に明るい声だった。遥香も話題を変えたいと思っていたのかもしれない。慎吾にしても、そのほうがありがたかった。

「前から言いたかったんだけど、慎吾、全然こっちに帰ってこないからさ」

「お、なんか文句でもあるのか？　聞いてやろうじゃないか」

ちょっとリラックスしてきた慎吾は、からかうように返した。すると、遥香は視線を逸らしたまま微笑んだ。

「わたしね……慎吾のこと、好きだったんだ」

「……え？」

世間話のようにさらりと言うので、危うく聞き流すところだった。

それは告白以外の何物でもない。ふざけているわけではなく、遥香が大真面目なのは声のトーンでわかった。

これまでの人生で、女性から告白されたことなど一度もない。唯一付き合った大学時代の恋人も、慎吾から交際を申し込んだ。突然のことに、どう返せばいいのかわからない。思わず遥香の横顔を見つめたまま固まった。

（は、遥香が……俺を？）

仮にも人妻なのに告白するとは、いったいなにを考えているのだろう。ただでさえ先ほどまで異常な興奮状態だったので、頭が激しく混乱してしまう。

（そ、そうか、また驚かそうとしてるんだな。騙されないぞ）

無理やり結論づけようとするが、彼女が真剣なのは最初からわかっていた。

「慎吾って鈍（にぶ）いからさ、全然気づいてなかったでしょ？」

「う……うん……」

「ラグビー部のマネージャーやってたのも……まあ、そういうことだったんだよね」

あくまでも軽い口調だが、やはり冗談を言っているわけではなさそうだ。

「……マジで？」

「うん、マジで」

遥香が赤く染まった顔を向けてくる。告白されたせいか、可愛らしい顔がなおのこと可愛く見えてしまう。照れた表情が高校時代の遥香とダブって見えた。あの頃は黒髪をショートにしており、いかにも活発そうな女の子だった。

「でさ……」

遥香がすぐ隣に移動してくる。

肩と肩が触れ合ってドキリとした。抱き寄せたい衝動がこみあげるが、なんとか持ちこたえる。甘いシャンプーの香りがふわっと漂ってきて、無意識のうちに深く吸いこんでいた。

「なんていうか……思い出作り、しない？」

「お、思い出作り？」

「うん。だって……慎吾もそんなになってるじゃん」

遥香は急に身を乗りだしてきたかと思うと、脚を組んで隠していたジーンズの股間を覗きこんでくる。

「お、おいっ」

「大きくなってるんでしょ？」

「バ、バカっ、見るなって」

慌てて言い放つが、遥香は離れようとしなかった。

女性の身体に触れるのもどうかと思って、押し返すことができない。すると、遥香は股間をじっと見つめたままで話しかけてきた。

「由希子ちゃんのこと見て興奮したんだ？」

「だ、だってさ、あんなの見たら誰だって……」

勃起に気づかれて顔がカッと熱くなっている。女性に指摘されて、これほど恥ずかしいことはなかった。

「ふうん、やっぱりそうなんだ」

遥香はニヤニヤしながら、慎吾の股間と顔を交互に見やる。完全に調子に乗っているときの顔になっていた。

「あの状況で興奮しない奴なんているかよ。もう離れろって」

恥ずかしさを誤魔化そうと、つい乱暴な口調になってしまう。昔ならここから喧嘩になっているパターンだ。しかし、遥香は食ってかかるようなことはせず、なぜか急にトーンダウンした。

「だよね……わたしもそうだもん」

妙に湿った声でつぶやくと、潤んだ瞳で見あげてくる。熱でもあるように、顔全体が赤く火照っていた。

「わたしもって……」

「興奮……しちゃった」

遥香は掠れた声で囁き、ジーンズの膨らみに手を伸ばしてくる。やさしく包みこむようにしながら、ベッドからおりて目の前にしゃがみこんだ。

「なっ……は、遥香？」

ビンビンに勃起しているので、布地越しに触れられただけでも強烈な快感が走り抜ける。ますますどう対処すべきか、わからなくなってしまう。

「だから、思い出作りしよ？」

遥香は上目遣いに見あげてくる。そして、困惑する慎吾を無視して、勝手にベルトを外してしまう。ジーンズとボクサーブリーフをいっしょにおろされると、いきり勃ったペニスがブルンッと飛びだした。

「ああっ、すごい」

カウパー汁の匂いがひろがるが、遥香は嫌な顔をすることなく、根元に指を巻きつけてくる。そして、硬さを確かめるように、ゆるゆるとしごきはじめた。

「うおっ！」

鮮烈な快感が湧き起こり、腰がビクッと反応する。ペニスの先端からは、新たな我慢汁が溢れだした。

「慎吾、もうこんなになってるよ」

「ちょ、ちょっと……」

慌てふためく慎吾だが、遥香はゆっくりと手首を返して男根を擦りあげてくる。かつてのラグビー部のマネージャーが手コキをしている。信じられないことが現実に起こっていた。

「気持ちよくない？」

「い、いや、気持ちいいけど……マ、マズいだろ」

快感をこらえながら、なんとか理性を働かせる。しかし、指が滑るたびに腰がヒクつくのはとめられない。ペニスはますます反り返り、先端から透明な汁をトロトロと垂れ流していた。

「お、俺はいいけどさ……遥香は結婚してるわけだし」

「そのことは言わないで」

遥香が男根をキュッと握り締めてくる。拗ねたように見つめてくる顔が可愛くて、またしても腰に震えが走り抜けた。

「くぅっ……」

「今だけは、慎吾の彼女にして」

囁くような声だった。

遥香はお辞儀をするようにゆっくり上体を倒すと、肉厚の唇をペニスの先端に近づけてくる。そして、切なげな吐息を吹きかけながら、いきなり亀頭をぱっくりと咥えこんだ。

「はむううっ……」

「うおっ、は、遥香っ……くううっ」

反射的に尻の筋肉に力をこめた。そうしなければ、一秒も持たずに射精していただろう。生温かい口腔粘膜に亀頭を覆われて、柔らかい唇でカリ首をやさしく締められる。コンマ何秒の間に、暴発寸前の愉悦が全身にひろがっていた。

「ンっ……ンンっ」

遥香は睫毛をそっと伏せて、ペニスをズルズルと呑みこんでいく。我慢汁で濡れていたのに、気にする素振りはまったくない。さくらんぼのような唇が、太幹の上をゆっくりと滑っていた。

「ま、まさか、遥香が……ううっ」

快楽の呻きと我慢汁が、とめどもなく溢れつづける。慎吾は信じられない思いで、自分の股間を見おろしていた。

女子のなかでは一番仲がよかったが、付き合うなんて想像したこともない。いや、正確には近くに居すぎて考えられなかっただけだ。しかし、エッチなことだけは、しっかりと妄想していた。

遥香をオナニーのオカズにしたことは結構あった。

可愛いマネージャーと毎日顔を合わせていたのだから、健康な男子としては当然のことだろう。いつも遠くから眺めているだけだった学級委員長の紗希や、憧れの詩織先生より、遥香のほうがずっとリアリティがあったのだ。

おそらく他の部員たちもそうだったに違いない。練習の合間など、遥香を熱い眼差しでじっと見ている者は多かった。

（あの遥香が、俺のチ×ポを……）

十数年のときを超えて、密かにオナペットにしていた遥香が、慎吾のペニスをずっぽりと根元まで咥えこんでいた。

「ンンっ……はむンンっ」

鼻にかかった声を漏らしながら、首をゆるゆると前後に振りはじめる。同時に口内の亀頭に舌をヌルーッと這いまわらせてきた。

「くおっ……」

口唇愛撫の愉悦にまみれながらも、胸の奥に甘酸っぱい想いがこみあげる。

あの頃の遥香は、誰とも付き合っている様子がなかったので、おそらくヴァージンだったろう。もし当時告白されていたら、そして交際することになっていたら、慎吾が彼女の初めての男になっていたかもしれない。

しかし、遥香はすでに三十歳の人妻だ。慎吾の知らない男と結婚して、数え切れないほどセックスもしているだろう。それを思うと、嫉妬にも似た感情が湧きあがってきた。

「あふっ……ンぅっ……むふぅっ」

元気が取り柄で純真だった遥香が、さも美味そうにペニスをしゃぶっている。唇で肉胴を締めつけて、舌先でカリの裏側まで舐めてきた。

「くぅっ……な、なかなか上手いな」

つい見栄を張って余裕がある振りをしてしまう。

遥香は人妻となったのだから、それなりに性体験を積んでいるのは間違いない。しかし、会わなかった数年間に彼女がどんな時間を過ごしてきたのか、想像せずにはいられなかった。

（遥香がこんなにいやらしいフェラをするなんて……）

唇で締めつけながら、尿道口をチロチロと舐められる。くすぐったさと紙一重の快感がひろがり、射精感が猛烈に煽られた。

「ンくっ……」

腰が小刻みに震えて、またしても我慢汁が溢れだす。遥香は眉間に微かな縦皺を刻みながら、喉を鳴らして我慢汁を嚥下していく。かつてのクラスメイトのペニスをしゃぶることに、まったく躊躇がなかった。

「ンンっ……はむううっ」

「あ、あんまりされると……」

睾丸のなかで精液が暴れだしている。これ以上つづけられると暴発してしまう。慎吾は額に玉の汗を浮かべて、懸命に快感を抑えこんでいた。

しかし、遥香は首を振るスピードをあげてくる。慎吾がやせ我慢していることに気づいているのか、上目遣いに見つめながら男根をねぶりあげてきた。唇と舌で絶えず刺激を送りこんで、さらに頰をぽっこり窪ませて吸引する。

ジュブウウウッ――。

下品な音を響かせながらのバキュームフェラだ。

遥香が愛らしくペニスを舐める姿は何度も妄想したが、現実はもっと激しく淫らだった。まさか、清純だった彼女がここまでするとは思いもしない。妄想を遥かに凌駕するフェラチオで、慎吾の性感はいとも簡単に追い詰められていた。

「ちょっ、ま、待って……くううっ」

「ンむうッ……むふッ……ンンンッ」

「ス、ストップ……ううっ、お、おい、遥香っ」

制止の声を無視して、遥香は首を振りつづける。強烈に吸いあげながらの口唇ピストンで、ついに勃起がヒクヒクと震えはじめた。

「ダ、ダメだ……くおッ、で、出るっ、出ちゃうよ」

「ンンッ……ンむううッ！」

慎吾が呻くのと同時に、根元まで咥えこまれたペニスに激震が走り抜ける。射精に合わせてのバキュームフェラで、ザーメンが強引に吸いだされていく。凄まじいまでの快感に襲われて、大声で呻きながら股間を突きだした。

「おおおッ……出る出るっ、うおおおおッ！」

ペニスごと引き抜かれてしまうかと思うほどの吸引だった。

慎吾は獣のように唸りながら、白いマグマをビュクビュクと噴きあげた。人妻となったクラスメイトの口内に射精していると思うと、身震いするほどの背徳感が全身にひろがった。

「ううっ、あむぅぅっ」

遥香は股間に顔を埋めたまま、熱い迸りをすべて受けとめた。

亀頭に唇を沿わせながら、ペニスがぬるりと吐きだされる。彼女の頬が若干膨らんでいるのは、ザーメンを溜めこんでいるからだろう。潤んだ瞳で慎吾の顔を見あげると、喉をコクコク鳴らして牡の迸りを飲み干していった。

「ンはぁ……いっぱい出たね」

遥香は照れ隠しなのか、肩をすくめてにっこり微笑んだ。

「気持ちよかった？」

「あ、ああ……よかったよ」

慎吾もまともに目を合わせることができず、口のなかでもごもごとつぶやいた。

4

「慎吾が脱がして」

ベッドにあがって仰向けになった遥香が、甘えるような瞳を向けてきた。

ラグビー部のマネージャーだった頃、ボール磨きが終わらなくて、慎吾に泣きついてきたときと同じ瞳だった。

——慎吾、手伝って。

グラウンドが夕日でオレンジ色に染まっていた。遥香の今にも泣きだしそうな顔も、燃えるようなオレンジだった。

——仕方ねえな、ジュースおごれよ。

そんなことを言いながら、暗くなるまで二人でボールを磨いた。今となっては懐かしい思い出だ。

部員は大勢いるのに、なにかを頼む相手はいつも慎吾だった。彼女なりの精いっぱいのアピールだったのかもしれない。しかし、女心に疎（うと）い慎吾は、まったく気づいてあげることができなかった。

「ねえ、慎吾……」

遥香の不安そうな声が聞こえてくる。「気づかない振りをするの？」と訴えているようだった。

「お、俺……俺も……」

好きだったという言葉を呑みこんだ。

友だちとして好きだったのか、恋愛感情が芽生えていたのか判然としない。ノスタルジックな気分がそう思わせているだけかもしれなかった。

しかし、射精したにもかかわらず、興奮が収まっていないのは事実だ。ペニスは急角度でそそり勃ったまま、入るべき穴を探すようにヒクついていた。

慎吾は服をすべて脱ぎ捨てて全裸になると、遥香の身体に手を伸ばしていく。シャツを毟(むし)り取るように脱がし、タイトジーンズを引きずりおろした。

これで遥香が身に着けているのは純白のブラジャーとパンティだけだ。レースの施された少しセクシーなデザインが、彼女の童顔とアンバランスで、かえってエロティシズムを感じさせる。

「そんなに見ないでよぉ……」

遥香はか細い声でつぶやくと、むちむちの身体を恥ずかしそうによじった。

もちろん遥香の下着姿を見るのは初めてだ。たっぷりとした乳肉が寄せられて、深い谷間を作っている。くびれた腰は滑らかなラインを描き、縦長の臍の穴が男心をくすぐった。

「み、見るなって言われても……こんな身体してたら……」

慎吾の息遣いはどんどん荒くなっていく。この状況で視線を逸らすことなど不可能だ。今はパンティが貼りついた恥丘の膨らみに惹きつけられている。仲がよかっただけに、すべてが刺激的だった。

　昔のボーイッシュなイメージが強いので、白く透き通るような肌を見ているだけでもドキドキする。しかも、過去の妄想をすべて覆すほどの巨乳なのだ。あの小生意気な遥香が、これほどのプロポーションをしているとは思わなかった。

「が、我慢できない、遥香っ！」

　頭に血が昇り、無我夢中で乳房に顔を寄せていた。

「あンっ、なにしてるのよ」

「遥香っ……遥香ぁっ」

　鼻先を谷間に埋めて、乳肉に頬擦りを繰り返す。柔らかい乳房に頬を挟まれていると、ますます興奮が高まっていく。その状態で深呼吸すると、牝のフェロモンが瞬く間に肺を満たしていった。

（これが遥香の匂いなんだ……）

　スキーで汗を掻いたのだろう。甘酸っぱい匂いと、ミルクのような体臭がミックスされている。いつも近くにいた遥香が、これほど官能的な香りをさせていたとは驚きだった。

「ああ、いい匂いだよ」

　頬に感じる乳肉の感触もたまらない。慎吾は野良犬のように鼻をクンクン鳴らして、女体が放つ芳香を堪能した。

「ヤンっ、嗅がないで、シャワー浴びてないから」

　遥香は困ったようにつぶやくが、無理に押しのけたりはしない。それどころか、慎吾の肩にそっと両手をまわしてきた。

「……遥香？」

「いいよ、慎吾がそうしたいなら……好きにしても」

　しんみりとした口調だが、どこか嬉しそうな響きも混ざっている。

　遥香のこんな声を聞くのは初めてだ。昔はちょっと悪戯しただけでも、目を吊りあげていた。もっとも本気で怒っていたわけではなく、あれも一種の愛情表現だったのだろう。

　いつも喧嘩していたのが、つい昨日のことのようにも、何十年も昔のようにも感じられる。当時はそんな騒がしい毎日が、ずっとつづくような気がしていた。

「あンっ、くすぐったいよ」

　遥香が半分笑いながら身をよじる。胸の谷間に当たる息遣いが、くすぐったく感じたのかもしれない。

　慎吾は乳房の谷間に顔を埋めたまま、彼女の背中とシーツの間に右手を滑りこませた。指先でブラジャーのホックを探ると、遥香が背中を浮かせて協力してくれる。しかし、上手く外すことができずに焦ってしまう。これでは女性慣れしていないと宣言しているようなものだった。

「大丈夫だよ。ゆっくり……ね？」

　遥香がやさしく声をかけてくれる。すると、ラグビーの試合前のように気持ちが落ち着いた。

　厳しい試合のとき、マネージャーの遥香が、励ます言葉をチームのみんなに明るくかけていた姿を思いだした。

　ようやくホックが外れて、ドーム型の巨乳が露わになる。新雪を思わせる白い肌が眩しかった。乳首は透きとおるようなピンクで清純そうだが、触れる前からピンピンに尖り勃っていた。

「おおおっ！」

　慎吾は声にならない声を発しながら、いきなり乳首にむしゃぶりついていく。蕩けそうな柔肉を揉みまくり、先端を口に含んで舐めまわす。固くなっている乳首に舌を這いまわらせては、チュウチュウと音をたてて吸いまくった。

「あっ、やンっ、いきなり……ああっ」

戸惑いの声が喘ぎ泣きに変わっていく。遥香は慎吾の頭を掻き抱き、女体をくねくねとよじらせた。

(遥香も感じてるんだ……)

彼女の興奮が伝わることで、慎吾もどんどん昂ぶっていく。

左右の乳首を交互にしゃぶり、唾液をたっぷり塗りたくる。そうしながら、我慢汁を垂れ流しているペニスを、彼女の太腿にグリグリと押し当てた。乳房の柔肌にも舌を這わせて、とにかく本能のままに吸いまくった。

「あっ……あっ……当たってる、慎吾の……ああンっ」

遥香は唾液でヌメ光る乳房を揺らしながら、裸体をたまらなそうに悶えさせる。唇を何度も舐めて、牡を誘うような切なげな声で喘いでいた。

「も、もう……ねえ……」

「遥香……もしかして」

「女に言わせるつもり？　ああン……意地悪」

焦れたようにつぶやき、男根が触れている太腿を左右に揺らす。どうやら我慢できなくなったらしい。しかし、はっきりと口にできないところが可愛らしかった。

「じゃ、じゃあ、そろそろこっちも……」

慎吾は意を決して、体の位置をずらしていく。パンティのウエストに指をかけて剝きおろすと、秘毛がさらっとしか生えていない恥丘が露わになった。

一糸纏わぬ姿になった遥香を前にして、抑えきれない衝動が湧きあがってくる。ペニスがさらにひとまわり大きくなり、今にも破裂してしまいそうだ。下肢をグイッと押し開くと、サーモンピンクの陰唇が剝きだしになった。

「やっ、見ないで」

ここまで積極的だった三十路の人妻も、さすがに恥ずかしがって隠そうとする。両手で股間を覆うが、慎吾はすかさず手首を摑んで引き剝がした。

「見せてくれよ、全部」

「もう……すごく恥ずかしいんだから」

遥香は抗議するようにつぶやくが、身体から力を抜いてくれる。そして、自ら膝を立てて、ゆっくりと左右に開いていった。

(おおっ……こ、これが遥香のオマ×コ……)

思わず唸るほどの魅惑的な光景がひろがっていた。愛蜜で濡れそぼった花弁が物欲しそうに蠢いている。発情しているのは明らかで、牡を誘う濃厚なフェロモンが発散されていた。

「あっ……ねえ、早くぅ」

見られることでさらに興奮したらしい。遥香は涙目になって両手を伸ばし、慎吾の首に巻きつけてくる。そのまま正常位の格好に抱き寄せると、片手を股間に潜りこませてペニスを握り締めてきた。

「おうっ……」

「もう我慢できないの……お願い、来て」

亀頭が膣口に導かれる。クチュッと湿った音が聞こえて、遥香が瞳で訴えかけてきた。慎吾にしても我慢できないのは同じだった。

「俺も、もう……いくよ」

軽く体重をかけるだけで、亀頭が陰唇の狭間にずぶりと沈みこむ。途端に快感が波紋のようにひろがり、そのまま一気に根元まで押しこんだ。

「あああッ！」

「は、入った……くおおッ」

胸板で乳房を押し潰し、女体をしっかりと抱き締める。遥香も首にまわした両手に力をこめて、慎吾の体をしっかりと受けとめた。頬を押し当てられると、それだけで温かい気持ちが流れこんでくるのがわかった。

「嬉しい……やっと慎吾と……」

彼女の瞳に光るものを見たとき、慎吾の心に愛しい気持ちがこみあげた。

ついに遥香と繋がったのだ。久しぶりに田舎に帰ってきて、まさかこんな体験ができるとは思いもしなかった。

「遥香……」

慎吾は彼女の頬を両手で挟み、瞳をじっと覗きこんだ。

性器を繋げた状態で見つめ合っていると、心までひとつになったような気がしてくる。少し照れ臭さもあるが、遥香とはこうなる運命だったような気さえした。

「もっと……もっとわたしの奥まで来て」

掠れた声でねだられる。密着している股間をさらに押しつけて、根元まで埋まっているペニスをできるだけ深い場所までねじこんだ。

「はうぅッ……き、来た、奥まで」

遥香は両脚まで絡めてくると、腰の後ろで足首をフックさせる。そして、股間を突きあげるようにして、自らも男根をしっかりと咥えこんできた。

「ああっ……しっかり覚えておきたいの、慎吾のこと」

最初から一時の関係とわかっている。だからこそ、こうして深い場所で繋がり、記憶にしっかり刻みこんでおきたいのだろう。

「動くよ。いい？」

「う、うん……」

見つめ合ったままピストンを開始する。

最初はゆっくり、まるでヴァージンと童貞が初めてセックスするときのように、じわじわと慎重に動かした。

「あっ……ンンっ」

「くぅっ……き、気持ちいい」

一秒でも長く繋がっていたい。射精さえしなければ、何時間でもこうして挿入したままでいられる。この至福の刻を終わらせたくなかった。

しかし、愉悦が大きくなるほどに我慢しているのがつらくなる。スローペースのピストンをつづけることで焦燥感が募り、アクメの種が確実に育っていく。蜜壺は妖しく蠢き、ペニスの先端からは我慢汁が大量に溢れていた。

「ううっ、ダメだよ遥香……そんなに締めたら」

「あっ……あっ……身体が勝手に……」

媚肉と男根が馴染むにつれて、自然とピストンが速くなる。クチュクチュという音も徐々に大きくなり、快感は加速度的に膨れあがっていた。

ペニスを思いきり後退させては、抜け落ちる寸前から再び根元まで叩きこむ。動きをどんどん速くして、リズミカルな抽送へと昇華させる。テンポよく腰を振り、ひたすらに快感を追い求めた。

「あっ……ああっ……し、慎吾っ」

「し、締まってるよ……遥香っ」

頬を寄せて、互いの名前を呼び合った。そうすることで一体感が生まれて、愉悦がさらに深くなる。

「あっ、あっ……い、いいっ」

「くおっ、俺も、すごく……ううっ」

慎吾がペニスを突きこむと、遥香も股間を押しつけてくる。抜き差しのスピードをあげれば、彼女もクイクイと腰を揺り動かした。二人の呼吸がぴったり一致することで、快感が二倍にも三倍にもアップしていく。

「ああァッ、いいのっ、もう……もうイッちゃいそうっ」

「お、俺も出そうだっ」

「もっと、ああッ、もっと深くぅっ」

「よっ、よおし……おおッ、おおッ」

いつしか全力で腰を振りたてて、すでに人妻となっている元クラスメイトの蜜壺を抉りまくる。求められるまま、深い場所をほじくり返すようにピストンした。

「くおおッ、もう出そうだっ……おおおッ、ぬおおおおおッ！」

「イ、イキそうっ、ああッ、あああッ、イクのっ、イッちゃううぅッ！」

慎吾がザーメンを注ぎこむと同時に、遥香も嬌声を響かせる。両手両足でしっかりと抱きつき、蜜壺を激しく収縮させてペニスを締めつけた。

「うほおッ、す、すごいっ、くほおおおおッ！」

発作が二度三度と起こり、欲望汁をドクンッ、ドクンッと吐きだしていく。そのたびに女体が激しく反り返って、遥香は何度も連続して昇り詰めた。

「ああッ、またっ、あああッ、またイクっ、はああッ、イクイクううッ！」

遥香のアクメ声を耳もとで聞きながら、慎吾は睾丸に溜まっていたザーメンをすべて放出した。

第三章　元不良少女のおねだり

1

慎吾は雄治といっしょに、ブラブラと露天風呂にやってきた。

遥香との激しい情事の後、夜の宴会までの間、部屋でぼんやりしていると雄治に誘われたのだ。

コテージの近くにひなびた温泉旅館があり、そこで露天風呂の日帰り入浴を行っている。別荘が多く立ち並んでいるので、その客を狙っているのだろう。

混浴でないのは残念だが、歩いて五分という好立地だ。スキー場もすぐ近所だし、夏は川でカヌーやバーベキューが楽しめるという。こんな別荘を持てる雄治が、心底羨ましかった。

十年前なら「いつか俺も」と思っていただろう。しかし、三十歳にもなると、嫌でも現実が見えてくる。人生に一発逆転のチャンスなどめったにない。大多数の人間が地道にこつこつやっている。宝くじでも当たらないかぎり、庶民は庶民から抜け出せない。慎吾もそんな庶民のひとりだった。

（いつまでも、のんびりはしてられないな……）

東京で小説家の夢を追いつづけるか、そこそこ依頼のあるライターの仕事一本に絞ってやっていくのか。それとも、居心地のいい田舎に戻って新しい職を探すのか、近いうちに結論を出さなければならなかった。

「どうだ、なかなかの穴場だろう」

雄治がかけ湯をしながら、脳天気な言葉をかけてくる。

車でもう少し先まで行くと、大きくて綺麗な温泉ホテルがあるらしい。だから、年季の入っているこの温泉旅館はいつも空いているようだ。この日も露天風呂の利用客は慎吾と雄治の二人だけだった。

「ふぅ……」

肩まで湯に浸かると、思わずため息が溢れだした。

大きな岩を組みあげて造られた湯船は、たっぷりの湯で満たされている。露天風呂に照明器具はなく、ガラス越しに漏れてくる内風呂の明かりがぼんやりと周囲を照らしていた。

背後の岩に寄りかかり、伸びをするように空を見あげてみる。すると、東京では見ることのできない無数の星が瞬いていた。

（綺麗だなぁ……）

ふとそんなことを思って苦笑する。夜空を見あげて綺麗と感じるなんて、自分がひどく年寄りになったような気がした。

「おおっ、気持ちいいなぁ」

湯船に身を沈めた雄治が、それこそ年寄りのように唸った。

温泉に浸かって喜んでいる親友の顔を見ていると、年月の重さを実感する。高校を卒業してからの十二年間で、すっかり差をつけられてしまった。いや、差をつけられたのではなく、最初から住む世界が違ったのかもしれない。

なにしろ、雄治は老舗の跡取り息子だ。庶民の慎吾と較べること自体が間違っているのではないか。いっしょに楕円のボールを追いかけて、グラウンドを走りまわっていた日々が夢のように思えてきた。

「久しぶりのスキーがこたえたんだろう」

雄治がからかうように話しかけてくる。

暗い表情の慎吾を見て、スキーで疲れ切っていると思ったらしい。疑うことを知らない少年のような笑みを向けてきた。

「ああ、ああな……運動不足だよ」

慌てて作り笑顔を返すが、慎吾の胸中は複雑だった。

昼間、雄治と由希子がセックスをしている現場に遭遇した。偶然とはいえ、結果として覗き見ることになってしまった。

しかし、胸のもやもやは罪悪感のせいだけではない。雄治が隠し事をしているのが気に入らなかった。

由希子と付き合っているのなら、どうして教えてくれないのだろう。雄治は独身だし、彼女は旦那と死に別れている。なにも後ろめたいことはない。堂々と交際すればいいのだ。それとも、親友にも言えない事情があるのだろうか。

（あっ……もしかしたら……）

このスキー旅行は、雄治が由希子と楽しむためのものだったのではないか。あたかも慎吾が久々に帰省したからという空気を醸（かも）しているが、実際は自分たちが密会するために計画したものかもしれなかった。

慎吾も雄治も、恋愛とは無縁の高校生活を送ってきた。とはいっても、雄治は昔から明るいキャラで女子から人気があった。しかも金持ちなのだから、その気になれば女に困ることはないだろう。

そんなモテ男のダシに使われただけなのかもしれない。親友だと思っていたのは自分だけで、雄治からすれば大勢いる友だちのひとりに過ぎないのだろうか。それならそれで仕方ないが、少し淋しい気もした。

頭のなかで様々な考えがぐるぐるまわりだす。しかし、そんなことを知らない雄治は、なにやらひとりで盛りあがっていた。

「なんか面白くなりそうだな」

「………」

「紗希ちゃんと遥香ちゃんも、ひとつ風呂浴びに来るって言ってたぜ」

「……え？」

それは初耳だった。高校時代から片想いしていた紗希と、数時間前に勢いでセックスした遥香がもうすぐ来るという。紗希と遥香という組み合わせに、なにか運命的なものを感じていた。

「おまえ、紗希ちゃんのこと今でも好きなんだろ？」

雄治がニヤニヤしながら訊いてくる。

高校時代に好きな女の子を教え合ったのだが、余計なことをしたと今になって後悔していた。しかし、雄治が誰の名前をあげたのか思いだせない。もしかしたら、自分だけがうまいこと聞きだされたのかもしれなかった。

「慎吾、特別にいいことを教えてやる」

雄治がわざとらしく声を潜めた。二人の他には誰もいないのだが、昔からこういう子供っぽいところがある。まるで悪戯を思いついた少年のように、目をキラキラと輝かせていた。

「本当にいいことなんだろうな」

「おうよ。じつはな……」

雄治は途中まで言いかけて言葉を切る。そして、ゆっくりと身を乗りだして散々もったいぶってから、ようやく重い口を開いた。

「この露天風呂はな、じつは女湯が覗けるんだ」

「なっ……」

思わず大きな声をあげそうになった。あまりにもくだらない秘密だが、つい顔がにんまりしてしまう。すると、雄治もニヤリと笑って力強く頷いた。

女風呂を覗けると聞いて、心躍らせない男はいないだろう。

将来の悩みや、雄治と由希子の関係など、ごちゃごちゃ考えていたことは、すべていったん保留にする。人生に数度しか訪れない絶好のチャンスを、みすみす逃すわけにはいかなかった。

「はっきり見えるのか？」

「もちろん、全身ばっちりだ」

「うむ。で、どこから……」

どこから覗くのか訊こうとしたとき、竹柵の向こうにある女性用の露天風呂から人の気配が伝わってきた。

内風呂のガラス戸を開けるガラガラという音につづいて、女性たちの話し声が聞こえてくる。慎吾と雄治は反射的に耳をそばだてた。

『わぁ、露天風呂なんて久しぶり～』

『フフッ、なんか楽しいわね』

二人に間違いない。はしゃいでいるのは遥香で、落ち着いた声は紗希だった。

（き、来た！　遥香と紗希さんだ）

指示を仰ぐように見やると、雄治はラグビーの試合中にしていたように右手の親指をグッと立てた。そして、ジェスチャーで「静かについてこい」と合図する。慎吾も目顔で「了解」と応えてあとにつづいた。

湯船の一番端、女湯との境の竹柵まで、音をたてないように細心の注意を払って移動していく。そのとき、ふと昔の記憶がよみがえった。

あれは、修学旅行で京都に行ったときのことだ。

もっと大人数だったが、これと似たようなシチュエーションがあった。何日目かの旅館で、女湯が覗けることに雄治が気づいたのだ。

あのときほど雄治がリーダーシップを発揮したことはない。二十人近くいた男たちをひとつにまとめて、順番に女湯を覗かせた。高校時代の楽しかった思い出のひとつだ。くだらないことが楽しくて、強く印象に残っていた。

振り返った雄治が、口の前で指を立てて「静かに」と念を押してくる。その表情は高校生の頃とまったく同じだった。

(大丈夫だって。いっしょに覗いた仲だろ)

慎吾は右手の人差し指と親指でＯＫマークを作って静かに頷いた。

覗きの手順はしっかりと記憶している。とにかく、物音をたてるのは厳禁だ。女たちに男湯は無人だと思わせることが重要だった。そうすることで警戒心が薄れて、自らタオルを外してくれる確率がグンと高まるのだ。

ようやく竹柵の前に到着した。すると、雄治がしたり顔で、竹柵の一ヵ所を指し示してくる。ぱっと見ただけではわからないが、顔を近づけてみると竹と竹の間にわずかな隙間ができていた。

（おおっ、雄治、おまえ最高だよ！）

思わず笑みを向けると、雄治がフッと微かに鼻を鳴らす。自慢げな顔で頷き、さっそく覗こうぜとジェスチャーで示した。

竹柵の隙間は上から下までかなりの長さがあった。おかげで二人が同時に覗けそうだ。慎吾は湯船に胸まで普通に浸かり、雄治は立った状態でそれぞれ隙間に片目を近づけた。

（み……見えた！）

いきなり紗希と遥香のツーショットが視界に飛びこんでくる。湯船を挟んだ右前方に並んでしゃがんでいた。二人とも髪をアップにまとめて、白いタオルを胸にあてがっている。縦に垂らしているので、身体の前面がすべて隠されていた。

それでも、高校時代からずっと想いつづけていた紗希の肌を見ることができて、感激と興奮が同時に湧きあがってくる。慎吾と雄治はいったん顔を見合わせると、二人同時に小さくガッツポーズをした。

いよいよ本格的に覗きを開始する。

女風呂に紗希と遥香の二人しかいないのはラッキーだった。視界を遮られることなく、じっくりと観察できる。少々薄暗いが、二人の肌の白さが強調されるのがかえって艶めかしかった。

『お湯はちょっと熱めね』

『うん。わたしはこれくらいが好みかな。紗希は？』

『のぼせちゃうかも。気をつけないと』

紗希と遥香はおしゃべりしながら、木桶を使ってかけ湯をしていた。

片手でタオルを押さえており、乳房は隠されている。しかし、湯船の縁にしゃがんでいるので、股間がきわどい角度で見えそうになっていた。

紗希は両膝をついており、胸から垂れているタオルが股間をかろうじて隠している状態だ。恥丘こそ拝めないが、肉付きのいい太腿はほぼ丸見えになっていた。

（さ、紗希さんの太腿……）

慎吾は瞬きの回数を極力抑えて、紗希の白い肌に視線を這いまわらせる。夢にまで見た入浴シーンだ。いつ決定的瞬間が訪れるかわからないので、一瞬たりとも気を抜くことはできなかった。

（でも、遥香もなかなか……）

遥香は片膝を立てており、股間を覆うタオルが若干浮きあがっている。陰毛が見えそうで見えないところに、かえって牡の欲望を掻きたてられた。

昼間にフルヌードを拝んでいるにもかかわらず、こうして女風呂を覗き見することで違う感動を覚えている。いけないことをしているというスリルが、余計に興奮を煽りたてていた。

「す、すごいな……」

頭の上で覗いている雄治が、小声でつぶやいて生唾を呑みこんだ。

こうしていると、本当に高校時代に戻ったような気がする。考えてみれば、久しくこんな気分を味わっていなかった。

東京ではひたすら夢を追いつづけて、楽しむことを忘れていた。まさか大人になってから、友だちとこんな悪戯をしてドキドキできると思わなかった。ますます楽しくなり、かつてのクラスメイトの柔肌に視線を這いまわらせた。

『熱い……けど、気持ちいい』

遥香が湯船に足を入れて、ゆっくりと腰を落としていく。身体が湯に浸かる直前にタオルを取り、股間のうっすらとした茂みと大きな乳房がチラリと見えた。

「おっ……」

雄治がまた小さな声を漏らす。初めて遥香の裸を目にしたことで、驚きを隠せない様子だ。

(だよな。まさか、遥香があんないい身体してるとは思わないもんな)

慎吾も先ほど見たときは、一気に興奮がマックスに達してしまった。昔からの知り合いだからこそ、裸を見たときの衝撃は大きい。実際、湯のなかでまたしてもペニスが膨らみはじめていた。

『そんなに熱いの？』

紗希もすっと立ちあがる。そして、身体の前面にタオルをあてがったまま、恐るおそるつま先を湯に浸していく。

『あっ……』

思ったよりも熱かったのか、小さな声を漏らして足を引く。ピンと伸びきった指先が妙にセクシーで、慎吾は思わず両目をカッと見開いた。

「くぅっ……」

ペニスが湯のなかで反り返っている。紗希が「あっ」と言った瞬間、胸がドキッとして完全に勃起してしまった。

　これくらいで興奮するなんて、本当に高校生のようだ。まだ紗希の裸を見ていないのに、ペニスをしごきたい衝動に駆られていた。

「おお……」

　雄治の荒い息遣いが聞こえてくる。やはり極度の興奮状態にあるらしく、先ほどからもじもじと脚を動かしていた。湯がチャプチャプと小さな音をたてているが、本人はまったく気づいていないようだった。

　物音が聞こえて女性陣に警戒されたら、途端にガードが堅くなってしまう。雄治を注意しようとしたとき、紗希が再び湯船に足を浸した。今度は両足を入れて、すでに肩まで浸かっている遥香の隣まで歩いていく。

『熱くないの？』

『最初だけよ。入っちゃえば、案外大丈夫』

　遥香は覗き穴のちょうど正面あたりで、こちらを向いて座っている。とはいっても、胸から下は湯のなかなので、裸を想像することしかできなかった。

　しかし、紗希は足だけ浸かった状態で、露天風呂の縁に腰をおろした。タオルで胸を隠しているが、身体の両脇は見えている。滑らかなS字のラインを描く女らしい腰まわりが想像を掻きたてて、全裸よりもかえって卑猥だった。

『こうしてると、嫌なこと全部忘れられそう』

紗希がぽつりとつぶやいた。何気ないひと言だが、妙に実感がこもっていた。

『なんかあったの？』

すかさず遥香が反応すると、紗希は慌てたように笑顔を作った。

『あ、違うの、なんていうか……たとえばの話っていうか』

なにかを誤魔化しているように見える。三十にもなれば、誰でも悩みのひとつやふたつはあるだろう。遥香もあえてそれ以上は踏みこまなかった。

『ふうん……困ってることがあったら、ひとりで抱えこまないで相談してね』

何気ない会話のなかに、女同士の友情が感じられる。紗希は安心したような微笑を浮かべると、「うん」と小さく頷いた。

『ああ、なんか楽しいわ。クラスメイトってほっとするね』

星を見るように顔を上向かせると、首筋から鎖骨(さこつ)にかけてが剝きだしになる。憂(うれ)いを帯びた表情が色っぽくて、慎吾と雄治は同時にゴクリと喉を鳴らした。

『高校のときの友だちって一生ものだよね』

『そうね。これからも誘ってくれると嬉しいな』

『もちろん誘うよ。紗希も遠慮しないで電話してきていいんだよ』

『ありがとう……』

『ところでさ』

遥香は少しあらたまった様子で切りだすと、意味深な視線を紗希に向けていく。

『紗希って、高校のとき好きな人とかいたの？』

『え……ど、どうしてそんなこと聞くの？』

紗希は明らかに動揺していた。タオルを押さえている手に力が入り、乳房がむにゅっとひしゃげるのがわかった。

（うおっ、紗希さんのおっぱいが……）

サイドから柔らかそうな白い乳肉が溢れだし、慎吾は思わず竹柵の隙間に顔を押しつけて凝視した。

『別に深い意味はないけど……なんかヘンなこと訊いちゃったね』

遥香は湯船から両手を出すと、「今のは聞かなかったことにして」とやけに慌てて左右に振った。すると、紗希は遠い目で空を見あげてつぶやいた。

『好きな人っていうか……気になる人くらいは……』

高校時代、紗希が誰かと付き合っている様子はなかった。真面目な学級委員長のイメージが強かったが、彼女にも気になる人がいたらしい。

（そりゃそうだよな……好きな人くらい……）

そう思いつつも、慎吾は内心ショックを受けていた。

『へえ、そうなんだ。紗希にも好きな人がいたんだぁ』

『ち、違うの、ちょっと気になっただけ』

紗希は顔を赤くして否定すると、タオルを取って湯船にザブンと身を沈めた。

そのとき、ほんの一瞬だが恥丘に生い茂った漆黒の陰毛が露わになった。たっぷりと量感のある乳房が波打つ様も、まるでスローモーションでビデオを再生するようにはっきりと網膜に映った。

「おおっ……」

待ちに待った瞬間が訪れて、思わず声をあげてしまう。かつての優等生も人妻となり、見事なまでに身体を熟れさせていた。

『じつはね、わたしも好きな人がいたんだ』

『えっ、誰が好きだったの？』

『フフッ……内緒』

遥香の言葉にドキリとする。まさかセックスしたことまで言うとは思えないが、自分の名前を出されて、それを雄治に聞かれるのは気まずかった。

しばらくして、紗希と遥香はタオルで身体を隠しながら内風呂に姿を消した。その後は期待したほど肌も見えず、夢の時間はあっという間に終わってしまった。

「あちぃ……もう限界だ」

ずっと湯に浸かっていた慎吾は、のぼせる寸前の状態になっていた。急いで湯からあがり、大きな岩の上に横たわった。

「じつはさ……」

雄治が覗きのことにはいっさい触れず、なにやら神妙な面持ちで口を開いた。

「なんだよ。急に真面目ぶって」

「俺……江口さんと付き合ってるんだ」

突然打ち明けられて、どう反応すればいいのかわからない。先ほどセックスしているところを見てしまっただけに、なおのこと言葉が出てこなかった。

「驚くのも無理ないよな。俺と江口さんって、高校時代はなんの接点もなかったからな」

慎吾が黙りこんでいるのを、驚いていると勝手に解釈してくれたらしい。雄治は由希子と付き合うことになった経緯を、順を追って話してくれた。

半年ほど前、雄治が取引先のスーパーを訪れたとき、パートをしている由希子と偶然再会したという。それから雄治のアタックがはじまり、何度かデートを重ねて、ようやく交際に漕ぎ着けた。夫と死別している由希子は、恋愛に対して臆病になっており、振り向かせるのは相当大変だったらしい。

「まあ、早い話がひと目惚れみたいなもんだな。初対面じゃないから、ちょっと違うけど。とにかく、おまえにだけは言っておこうと思ってさ」

雄治は照れ笑いを浮かべながらつぶやいた。顔が赤く染まっているのは、湯に長く浸かっていたせいだけではないだろう。

「そのこと、みんなには……」

ここまで黙って聞いていた慎吾は、気まずさを押し隠して問いかけた。

「誰にも言ってない。まだみんなには黙っててくれよ」

「どうして隠すんだよ」

「みんなに話すのは、向こうのご両親にも挨拶してからさ。俺、ゆきちゃんと……江口さんと結婚するつもりなんだ」

堂々と宣言した雄治の顔は、どこか晴れ晴れとして映った。子持ちの由希子と結婚するのだから、本気で惚れているということだろう。

「お、おめでとう……そうか、雄治が結婚か。すごいじゃないか！」

親友が結婚する。お祝いの言葉を口にすることで、じわじわと感動がこみあげてきた。

最初に報告してくれたことが嬉しかった。内緒にしていたわけではなく、真剣に付き合っていたからこそ、すぐには打ち明けられなかったのだろう。

親友の幸せを喜ぶ反面、慎吾は救いようのない自己嫌悪に陥っていた。

交際を秘密にされたと思いこみ、勝手に腹を立てていた自分が恥ずかしかった。結局のところ、裕福な生活を送っている雄治に嫉妬していただけだ。今の自分と較べて妬(ねた)んでいたにすぎなかったのだ。そんな後ろ向きな自分が嫌になった。

「そうかそうか、雄治がついに結婚か。本当にめでたいなぁ」

すまない気持ちになって、雄治の結婚を明るく祝福した。ただ、同時に不安感のようなものも心の隅に感じられた。

親友の幸福を祝う気持ちは本物だ。しかし、取り残されたような気持ちになっているのも事実だった。雄治が独身でいてくれることで安心していたのだ。自分がこれからどうなるのか考えると、不安は大きくなる一方だった。

2

温泉でさっぱりすると、みんなでコンビニに出かけて、酒類や軽食、それにツマミを大量に買いこんだ。

別荘に戻り、さっそく宴会がはじまった。

リビングにはL字型のソファがあり、ガラステーブルには、サンドウィッチや惣菜、お菓子などがひろげられている。それぞれのグラスにはビールや缶チューハイが注がれていた。

最初だけ乾杯したが、あとは思い思いに飲んでいる。同窓会でも散々話したはずだが、懐かしい顔が揃えば話題は尽きなかった。

みんな口々に「あんなことがあったね」とか、かつての青春時代の思い出を楽しそうに語っていた。

席順はとくに決めず、みんなが好きな場所に座っている。

慎吾は紗希の隣を狙っていたのだが、気後れしている間に遥香と麻奈美に挟まれてしまった。もちろん美女に囲まれて嫌なわけがない。むしろ嬉しいのだけれど、願わくば紗希の隣に座りたかった。

雄治の左右には由希子と紗希が腰をおろしている。ソファはL字型なので、さりげなく紗希の姿を観察できた。

（まあ、これはこれで……）

考えようによっては、かえって隣に座るよりよかったかもしれない。どうせ緊張して、ろくに話せなかったはずだ。それならば、こうして笑顔を眺められるほうが幸せを感じられた。

かつてのクラスメイトのなかでも、とくに仲のよかった者の集まりなので、同窓会より気兼ねのない雰囲気だ。男二人と女四人というのも気分がいい。綺麗な女性ばかりなのに、余計な気を遣わなくていいのは気楽だった。

「ようし、朝まで飲むぞぉ！」

雄治がひどくはしゃいでビールをがぶ飲みしている。由希子と付き合っていることを慎吾に打ち明けて、少しほっとしたのかもしれなかった。

「なんか楽しくなってきたぞ。慎吾、飲んでるか？」

「おう、やってるよ」

慎吾はビールの入ったグラスを手に取ると、一気にグイッと呷ってみせた。

女性陣も楽しそうにしている。みんなそれなりに飲めるらしく、場の雰囲気は最高に盛りあがっていた。

(なんか、ハーレム状態だな)

つい頬の筋肉が緩んでしまう。東京でストイックな生活を送っていた慎吾には、考えられないような状況だった。

「なにニヤニヤしてるの？」

隣に座っている麻奈美が、空いたグラスにビールを注いでくれる。彼女もかなり強いらしく、ビールをグイグイ飲んでいた。

「今日の慎吾、ずいぶん楽しそうじゃん」

「まあね。田舎っていいなって思ってさ」

慎吾はグラスを持ちあげて「サンキュ」と言いながら、麻奈美のミニスカートから露出している太腿をチラリと見やった。

「ちょっと……」

その瞬間、麻奈美の声音が変化した。上手く盗み見たつもりだったが、わずかな視線を感じたらしい。しかし、すぐにフッと笑って、切れ長の瞳で見つめてきた。

「変わらないね。そういうところ、昔っから全然」

「昔から？」

「そ、昔から。修学旅行のとき、女子風呂覗いてたでしょう」

突然爆弾を投げつけられたような気分だ。まさか京都の露天風呂のことがばれているとは思わなかった。

「気づかれてないと思ってた？」

「うっ……」

思わず息を呑むが、麻奈美は楽しそうに微笑んだ。

「わたしは見られてないから黙ってたけどさ。案外、今日も覗いてたりして」

「バ、バカ言え、そ、そんなはずないだろ」

「動揺しすぎなんですけど。ふふっ、みんなに言っちゃおうかな」

不良っぽかった麻奈美もすっかり丸くなった。からかうように言いながら、慎吾の視線を意識して脚を組んでみせた。

「おっ……」

「ほらまた見てる。そんなに見たいの？」

上目遣いに尋ねてくる。スカートがずりあがり、太腿が付け根近くまで剥きだしになった。もう少しでパンティが見えそうだ。上に羽織っているシャツはボタンを三つ外しており、黒のキャミソールの胸もとがチラチラと覗いていた。

「ねえ、どうなの？　もっと見たい？」

脚を組み替えると、さらに露出がきわどくなった。

「い、いや……その……」

言いわけを考えながらも、つい視線は太腿に向いてしまう。むちっとした肉付きがそそるが、いつまでも見ているわけにはいかない。意志の力を総動員して、懸命に視線を引き剝がした。

「なんだ残念。慎吾なら見せてあげてもよかったのに」

「……え？」

「冗談よ。本気にした？」

そう言って笑うが、瞳はしっとりと濡れている。アルコールのせいなのか、それとも他に理由があるのかはわからなかった。

「そういえばさ、麻奈美って喧嘩っ早かったよな」

雄治が会話に割りこんでくる。かなり飲んでいるようで、すっかりご機嫌だった。

「ちょっと、乙女（おとめ）を捕まえてなに言ってんのよ」

麻奈美が反論したことで、慎吾との会話は自然と途切れた。

（なんだったんだ？）

なにやら胸の奥がもやもやする。からかわれただけだろうか。

麻奈美がエッチなちょっかいをかけてくるとは意外だった。高校生の頃の彼女だったら考えられないことだ。麻奈美も様々な経験を積んで、男をあしらえるだけの女になったということだろうか。

（ああ、どうせなら麻奈美の裸も見たかったなぁ）

慎吾はそわそわと落ち着かなかった。

先ほど温泉で紗希と遥香が入浴する姿を覗いた後、麻奈美と由希子が来る前に慎吾たちは別荘に戻っていた。いくらなんでも親友の彼女を覗くわけにはいかなかったが、麻奈美の裸を見逃したのは心残りだった。

（でも、まさか雄治と江口さんが付き合ってるとはなぁ……）

まったく予想外の組み合わせだ。今こうして見ていても信じられない。ひとりで飲みまくる雄治の隣で、由希子は微笑を湛えて座っていた。

あの物静かだった由希子が、バックから突かれて喘ぐ姿は衝撃的だった。さすがにその姿を見たことは雄治に話せない。一生自分の胸にしまっておくつもりだ。

（あ……遥香もいっしょに見たんだっけ）

隣に座っている遥香のことを意識した途端、腰を振り合って激しく燃えあがった記憶がよみがえってきた。

（ヤ、ヤバ……）

股間がムズムズしてくる。スウェットパンツなので、勃起したらあからさまにテントを張ってしまう。慎吾はなんとか気持ちを静めようと、グラスに残っていたビールを慌てて飲み干した。

「お酒、強いんだ？」

間が悪いことに、たった今裸を思いだしていた遥香がお酌をしてくれる。ビールをなみなみと注がれて、慎吾は「どうも」と視線を合わせずにつぶやいた。

「ねえ、東京の話してよ」

セックスしたことで確実に距離が縮まっている。見つめてくる瞳や話しかけてくる声が以前と違っていた。それは慎吾にしかわからない微妙な変化だった。

とはいえ、あくまでも遥香は人妻だ。家庭を壊す気はなく、ずっと好きだった慎吾に告白することで、自分の気持ちに整理をつけたかったと言っていた。その言葉どおり、男と女の空気こそ流れているが、粘着質な感じは皆無だった。

しかし、慎吾のほうは完全に意識していた。

以前のように軽口を叩くどころか、まともに会話もできず、視線すら合わせることができない。恋愛に疎い男が女性から告白された場合、こうなってしまうという典型的な症状だった。

「ライターの仕事って、やっぱり忙しいの？」

「うん……まあね」

変に意識しているのに加えて、仕事の話にはあまり触れてほしくなくて、つい突き放すような口調になってしまう。それなのに遥香は引いたりしない。まるで慎吾のシャイな部分を見抜いているようだった。

「東京は楽しくないの？」

「え……い、いや……」

一瞬言い淀んでしまう。いきなり核心を突かれたような気がしてドキリとした。東京が楽しいとか楽しくないとか、考えたこともなかった。

「ラグビーやってるときは楽しそうだったのに」

「ばっ……部活と仕事は違うだろ」

「そうかな？　ラグビーの練習ってめちゃくちゃきついけど楽しかったでしょ。仕事はきついだけで楽しめないの？」

遥香の言葉が思いがけず胸に響いた。

東京はチャレンジする場所であって、エンジョイしようとは思ったことはない。だから、仕事で疲れ切っていても、睡眠時間を削って投稿小説を書きつづけることができた。しかし、時間に追われる毎日で心は疲弊していく一方だった。

ラグビーと仕事はまったく異なるが、遥香の言うことにも一理ある。確かに楽しむことを忘れてしまったら、途端に人生は色褪せたものになってしまうだろう。

「へえ、遥香のくせに、たまにはいいこと——」

調子を取り戻してからかいの言葉を返そうとしたとき、唐突に紗希が大きな声をあげた。

「ねえ、飯島くん。東京って楽しい？」

なにやらテンションが妙に高い。赤い顔をして目が据わっている。どうやら、気づかないうちにかなり飲んでいたらしい。

「ここよりも楽しいんでしょ？　だから全然帰ってこないんでしょ？」

「そ、そういうわけじゃないんだけど……」

慎吾は困惑しながら言葉を返す。こちらの会話が断片的に聞こえていたのか、やけに絡んでくる。

「絶対楽しいに決まってる。男の人って自由でいいわね。ああ、わたしも東京に行きたいわ」

呂律も怪しくなっており、明らかに飲み過ぎていた。優等生だった紗希が酒に飲まれるとは、ある意味貴重な姿だった。

——こうしてると、嫌なこと全部忘れられそう。

露天風呂に浸かっていたとき、紗希はそんなことを言っていた。もしかしたら、なにかストレスを抱えているのかもしれない。

遥香もそのことを思いだしたのだろう。すっと立ちあがると、泥酔している紗希のそばに歩み寄った。

「紗希、そろそろ寝ようか」

「まだ眠くないわ。今日はもっと飲むの」

「じゃあ、二人で飲み直そう。女同士、主婦同士で積もる話もあるしさ。紗希の部屋に行こうよ。ね？」

いつになくやさしい声音だ。遥香は紗希を立ちあがらせると、呆気にとられているみんなに目配せしてリビングから出ていった。

「あれは……やけ酒だな」

雄治のつぶやきに全員が大きく頷いた。紗希の様子は気になるが、ここは遥香に任せるべきだろう。マネージャーだった遥香は、昔から面倒見がよかった。

リビングには慎吾と麻奈美、雄治と由希子の四人が残されていた。

「飲み直すか。そういえば地下にワインがあったな」

空気を変えようと、雄治が明るい声で提案する。隣に座っている由希子も同調して微笑んだ。

「そうね。飯島くんも麻奈美ちゃんも、まだ飲めるでしょう？」

「よし、取ってくるよ」

雄治が腰を浮かせようとしたとき、麻奈美が先に立ちあがった。

「わたしはもういいや。眠くなっちゃった」

「もう寝ちゃうの？」

由希子が残念そうに声をかける。しかし、麻奈美は「おやすみ」と言って大きな欠伸をすると、ドアに向かって歩きだした。

（ん？　待てよ……）

いくら鈍い慎吾でも、非常にまずい状況だということはわかった。

このままだと三人になってしまう。雄治と由希子、それに慎吾。どう考えても邪魔者だ。ここはとっとと退散するべきだろう。

「あっ、俺もなんか久しぶりのスキーで疲れちゃったよ」

慌てて立ちあがると、眠そうに目を擦りながら麻奈美の後を追った。

「俺も寝るよ。おやすみ」

「慎吾……」

雄治の声が背中に聞こえる。チラリと振り返ると、声にこそ出さないが申し訳なさそうな顔を向けていた。気を遣ったことがわかったのだろう。慎吾は微かに頷き、リビングを後にした。

3

「あんまり楽しいから、つい飲み過ぎちゃったよ」

間が持たず、慎吾はわざと明るい声で話しかけた。

リビングを出て、麻奈美といっしょに階段を昇っている。しかし、なぜか彼女は不機嫌そうにむっつりと黙りこんでいた。

二階にあがっても麻奈美は無言で、虫の居所が悪いのか目も合わせてくれない。

さっきの宴会で打ち解けて話していたのが嘘のようだった。まるで通夜のように廊下を歩き、いっさい口を開かないまま彼女が使っているゲストルームの前に到着した。

「じゃ、また明日」

無理に話しかけても怒らせるだけのような気がする。そのまま自分の部屋に退散しようとしたとき、いきなり腕を摑まれた。

「な、なに？」

それまで黙っていたので余計に驚かされる。慎吾は思わず腰を引きかけるが、麻奈美は腕を摑んだ手にググッと力をこめた。

「ちょっと待って」

麻奈美はドアを開けて室内を覗きこむ。そして、誰もいないことを確認すると、あらためて慎吾を部屋に引っ張りこんだ。

同室になっている遥香は、泥酔した紗希を部屋に送って、そのまま捕まっているのだろう。あの様子だと愚痴でも聞かされて、当分戻ってこられないのではないか。しかし、今は紗希のことより麻奈美の様子が気になった。

「あ、あのさ、なんか怒ってる？」

恐るおそる問いかける。すると、彼女はなぜか視線を逸らして苦笑した。

「そんなわけないじゃん」

「でもさ、なんか不機嫌そうだし」

「相変わらず鈍いな」

麻奈美は慎吾をベッドに座らせると、羽織っていたシャツを脱いで黒のキャミソールとミニスカート姿になった。肩と鎖骨が剝きだしのセクシー過ぎる格好だ。

（な、なんだ？　なにをしてるんだ？）

慎吾は困惑しながらも、麻奈美の姿を見つめていた。

キャミソールの黒が、肌の白さを際立たせている。胸もとは大きく盛りあがっており、襟もとからは谷間が覗いていた。勝ち気なイメージが先行するだけに、女っぽい姿を見せられてドキッとする。

「なんか、暑くない？」

視線を意識したのか、麻奈美は取って付けたようにつぶやき、慎吾の隣に腰をおろした。遠すぎず近すぎず、ほんの少し手を伸ばせば触れられる微妙な距離だ。

「慎吾ってさ、昔から女心がわからないっていうか……まあ、いいけどさ」

どうやら不機嫌というわけではないらしい。やけに顔が赤いが、ビールの酔いがまわったのだろうか。

「ね、寝るんじゃなかったの？」

「こんなに早く寝ないわよ。小学生じゃあるまいし」

「じゃあ、なんで眠いなんて……」

「雄治と由希子に気を遣ったの」

麻奈美がさらりと言ってのける。その瞬間、慎吾は思わず彼女の横顔を凝視した。

「どうして……それを？」

「そんなの見てればわかるわよ。バレバレでしょ、あの二人」

「え……そ、そうだった？」

慎吾の目には、そうは映らなかった。自分だけが知っている秘密だと思っていたので、うっかり口を滑らせないように注意していた。しかし、彼女は完全に見抜いていたらしい。

「みんな気づいてるんじゃない？　いちいち言わないだけで」

麻奈美は正面を向いたまま、なぜか慎吾と視線を合わせようとしなかった。つまらなそうにつぶやき、ふいに唇を尖らせる。そんな少女っぽい表情も、彼女の魅力のひとつだろう。

（麻奈美って、結構可愛いよな……）

前々から気づいていたが、こうして二人きりでいると余計に意識してしまう。男勝りなところと、女らしいところのギャップに惹きつけられた。

「あの二人のことより、慎吾の話をしようよ」

「俺の話？」

無意識のうちに内心身構えた。

先ほどの紗希のように、東京のことを聞かれるのかもしれない。小説家になる夢を諦めかけている今、仕事関係の話題はできるだけ避けたかった。

「うん、高校のときの慎吾の話」

「あ、高校のときのね……って、面白い話なんてないぞ」

ほっとすると同時に、どんな話をほじくり返されるのか不安になる。すると、麻奈美は視線を宙に漂わせたままつぶやいた。

「わたしさ、帰宅部だったでしょ。だから放課後になると暇でさ、ラグビー部の練習とか、よく見てたんだよね」

そう言われてみると、練習中に麻奈美の姿をよく見かけた気がする。セーラー服姿でポニーテイルを揺らし、グラウンドの入口にたたずんでいた。

夕日に染まった麻奈美の顔を今でも覚えている。教室ではいつも突っ張っているのに、なぜか儚げな表情をしていたので印象に残っていた。しばらくぼんやり眺めてから去っていくのだが、その後ろ姿がやけに淋しそうだった。

「覚えてるよ。麻奈美が見てたの」

「ウ、ウソっ……」

麻奈美は驚いたように振り向くと、顔を見るみる真っ赤に染めあげていく。珍しく動揺した様子で、唇を二、三回パクパクさせた。

「よく日が暮れる頃に来てさ、五分位眺めてから帰ってたよな」

「う、うん……そっか、知ってたんだ」

激しく動揺したと思ったら、今度は照れたようにもじもじする。こんな麻奈美を見るのは初めてだった。普段は決して隙を見せないのに、今はノーガードで感情を晒していた。

「ラグビーやってるときの慎吾ってさ……」

麻奈美はそこでいったん言葉を切った。

視線を落としてスリッパを履いた自分のつま先をじっと見つめる。そして、意を決したように再び口を開いた。

「なんかさ……ちょっとカッコよかったんだよね。すごいひたむきな感じでさ、目がキラキラして……」

信じられないひと言だった。本当に目がキラキラしていたのだろうか。確かにラグビーは一所懸命やっていたが。いずれにしても、不意打ちで女の顔を見せられて、まともにカウンターパンチをもらった気分だ。

(これって、まさか……)

いくら鈍感な慎吾でも、これだけわかりやすい反応を見せられたら察しがつく。毎日のようにグラウンドに来ていた理由は、もしかして……。

「そ……そんなことないだろ」

「気になってたんだ。慎吾のこと……」

当時の気持ちに戻っているのかもしれない。麻奈美は言い終わると、恥ずかしそうに肩をすくめた。その仕草が抱き締めたくなるほど可愛かった。

(こ、これは夢じゃないよな?)

あまりにも現実離れしていた。高校時代はまったくもてた覚えがない。まさか今頃になって告白されるとは思いもしなかった。そのとき、シーツについていた手が柔らかいものに包まれた。

「え……?」

麻奈美が手を伸ばして、慎吾の手をそっと握ってきたのだ。

もちろん嫌なはずがない。というより、むしろ嬉しかった。手の甲に感じる麻奈美の手のひらは、心に染み渡るほど温かかった。

「今だけでいいから、慎吾の女にして……っていうのはダメかな？」

遠慮がちに尋ねられて、考えるよりも先に首を横に振っていた。

「ダ……ダメじゃない」

掠れた声でつぶやきながら、麻奈美の手を握り締める。手のひらをぴったり合わせて、指と指をしっかりと絡ませた。

4

「なんか……嬉しいかも」

しきりに照れる麻奈美が愛しくてならなかった。

「麻奈美……」

握り締めた彼女の手に、もう片方の手を重ねてそっと包みこむ。自然と二人の顔が近づき、唇が触れそうになる。

そのとき、いきなりドアが開いて、慎吾と麻奈美は瞬間的に体を離した。

（ヤバいっ！）

部屋に入ってきたのは遥香だった。慎吾が慌てて平静を装えば、麻奈美もそっぽを向いて白々しいほどに惚けた顔をする。しらを切り通せば切り抜けられるかもしれない。しかし、どうしても頬の筋肉が引きつってしまう。

「よ、よう……」

黙っているのも不自然だと思い、あえて先に口を開いた。

声が震えそうになるのを懸命にこらえる。自分としては自然に振る舞えたつもりだったが、遥香は首を傾げながら歩み寄ってきた。

「なんで慎吾がわたしたちの部屋にいるの？」

「な、なんでって……そ、そうだ、白川さんはどうなった？」

視線を逸らしたいのを我慢する。不自然な目の動きで、嘘を見破られるような気がした。

「紗希なら寝たけど……」

真正面に立った遥香は、腰をかがめるようにして顔を覗きこんでくる。

「な、なんだよ……」

疑いの眼差（まなざ）しを向けられて、こめかみに汗が浮かぶ。それでも、視線を逸らさないように踏ん張った。

「あれ、なんか怪しくない？」

「だからなにがだよ」

少しむっとした振りをして言い放つ。ここは逆ギレするのも手かもしれない。

「慎吾が目を逸らさないときって、だいたいやましいことがあるんだよね」

いきなり図星を指されて、言葉を失ってしまう。遥香とは仲がよかっただけに、癖を知り尽くされていた。

「で、なにを隠してるのかな？」

「な……なんでもないって」

口ごもりながらも、なんとか誤魔化そうとする。こめかみに浮かんだ汗が、ツーッと音もなく流れ落ちた。

「今、手を繋いでたよね？　慌ててパッと離したよね？」

「バ、バカ言うなよ。き、気のせいだろ」

「でも顔が近づいてたよね？　キスしようとしてたんじゃないの？」

「うっ……」

決定的瞬間を見られていたらしい。もう言い逃れのしようがなかった。

「た、たかが手を繋いだくらいで騒ぐなよ」

完全に追い詰められて、苦し紛れに言い放つ。すると、それまで黙っていた麻奈美がこちらにグイッと身体を向けた。

「たかが、ってどういうことよ」

抑揚のない声がかえって恐ろしい。そのひと言には、危険な棘が含まれていた。

「ま、麻奈美？」

鋭い視線でにらみつけられる。麻奈美の全身から怒りのオーラが滲んでいるような気がした。

「やっぱりなんかあるんだ」

正面からは再び遥香が迫ってくる。疑惑が確信に変わり、目が怖いくらいに吊りあがっていた。

「わたしにどうこう言う権利なんてないけどさ、同じ日に他の人と……しかも、わたしの友だちとなんて信じらんない」

「お、おい……」

慎吾の顔からサーッと血の気が引いていく。

こうなると遥香はとまらない。昔からいったん怒りだすと、すべてを吐きだすまで気が済まない性格だった。

「昼間のはなんだったの？　よくそういうことができるよね」

「あ、あとで説明するからさ」

なんとか黙らせようとするが、麻奈美が聞き逃すはずもない。身を乗りだすようにして、疑惑の視線を向けてきた。

「昼間ってなに？　さてはあんたたち、なんかあったね」

「い、いや……別に……」

もはや言いわけすら思いつかない。慎吾は冷や汗を流しながら、おどおどと視線を逸らす。遥香もはっとしたように固まり、それきりむっつりと黙りこんだ。

（マズい……この状況はマズすぎる）

嫌な沈黙が訪れる。三人とも口を閉じて、互いの出方を探るように神経だけを張り詰めさせていた。

「ごめん、麻奈美。じつはさ……」

最初に口を開いたのは遥香だった。観念したように肩をすくめて、ぽつぽつと昼間の出来事を話しはじめた。

雄治と由希子がセックスをしていたこと。それを偶然、慎吾といっしょに覗いてしまったこと。気持ちが高揚して胸に抱えていた想いをぶつけたこと。

「それで……それでね……」

遥香が言い淀むと、麻奈美は呆れたように溜め息をついた。

「まさか、それでしちゃったってわけ？」

「う、うん、まあ……」

まるで悪戯を見つかった子供のように声が小さくなっていく。遥香は麻奈美の視線を避けるように、雄治の陰に隠れてベッドに腰掛けた。

「まったく、なに考えてるのよ」

友人の告白がよほどショックだったのだろう。麻奈美は怒りだすのではなく、脱力したようにうつむいた。

「わたしの気持ち、知ってたくせに……」

「麻奈美、ごめんね。許して」

「そりゃあ、遥香の気持ちもわかるけどさ、これって抜け駆けじゃない？」

慎吾は二人の会話に口を挟むことができなかった。

それぞれが慎吾に片想いしており、お互いにそれを知っていたらしい。普通なら対立しそうなものだが、なぜか女の友情が芽生えていたようだ。タイプの異なる二人が仲良しなのは、そういった事情があったからだろう。

（あの頃に気づいていれば……なんてもったいないことをしたんだ）

女心がわからない慎吾は、二人の気持ちにまったく気づかなかった。

タイムマシンでもあれば、高校生の自分に教えてあげたい。おまえは二人の美少女に好かれてるんだぞ、もてないと思って落ちこむことはないんだぞと。

わかっていれば、どちらかと恋人同士になり、とっとと童貞を捨てて、もっと楽しい高校生活を送れたのではないか。そして、もっと前向きな性格になっていたかもしれなかった。

それにしても、おかしなことになってきた。二人に好かれていたことだけでも驚きなのに、いきなり三角関係じみた状態になっている。慎吾は初めての体験に困惑するばかりだった。

「でも、素直に言ったんだから許してあげる」

「麻奈美……ありがとう」

遥香が涙目になって手を伸ばし、慎吾の前を素通りして麻奈美の手を握り締めた。

「水臭いこと言わないで。わたしたち親友じゃない」

麻奈美も笑顔になって、遥香の手を握り返す。

二人は慎吾の両隣に座っているので、ちょうど目の前で握手が交わされている状態だ。女の友情が確認されて、なんとか事態は丸く収まった。しかし、ほっとしたのも束(つか)の間(ま)、麻奈美がまたしてもキッとにらみつけてきた。

「でも、慎吾のことは許さない」

「え……ど、どういうことかな？」

「昼間は遥香といいことしたんでしょう。じゃあ、今はわたしの彼氏になってもらうからね」

「お、おい、なにを言って——わっ！」

いきなり抱きつかれたかと思うと、ベッドの上に押し倒される。驚いて麻奈美の肩を押し返そうとするが、顔を真っ赤にしているのを見て躊躇(ちゅうちょ)した。

「今夜だけだから……」

胸板に顎をちょこんと乗せて、潤んだ瞳で見あげてくる。普段は勝ち気な彼女の、不安と羞恥の入り混じった表情に惹きつけられた。

戸惑っている間にスウェットの上下を脱がされて、ボクサーブリーフ一枚で仰向けにされてしまう。麻奈美は大きくひろげた脚の間で膝立ちすると、自分もタイトスカートをおろしはじめた。

「なっ、なにやってんだよ」

「女に恥をかかせないで……お願いだから」

長い付き合いになるが、負けず嫌いの麻奈美に「お願い」されたのは初めてだ。切なげな瞳にドキリとして、慎吾はなにも言えなくなってしまった。

遥香も驚いた顔で、親友のことを見つめている。しかし、口出しする気はないらしく、大人しくベッドに腰掛けたままだった。

「わ、わたしがこんなことするの、初めてなんだからね」

バツイチ美女は耳まで赤くしながら黒レースのパンティとキャミソールを脱いで、ついに熟れた肌を惜しげもなく披露した。

「おおっ……」

目玉がこぼれ落ちそうなほど大きく開き、柔肌を無遠慮に眺めまわしていく。

全体的に細身だがバストはたっぷりしており、ヒップにも肉がたっぷりついて揉み心地がよさそうだ。恥丘に生い茂った縮れ毛にも惹きつけられる。じつに女らしい垂涎ものボディだった。

（麻奈美がこんなにいい女になってたなんて……）

慎吾は目を丸くしたまま、股間に血液が流れこんでいくのを自覚していた。

「そんなに見ないで……わたしだって、一応女なんだから」

麻奈美はすっと視線を逸らすと、下半身に覆い被さってくる。その一部始終を遥香が呆然と見つめていた。

「ちょ、ちょっと、やっぱり……ううっ」

布地の上からペニスをそっと撫でられて、思わず呻き声が溢れだす。服を脱がされている時点で、男根は妖しい期待に膨らみはじめていた。

「もうこんなになってる。慎吾って昔からエッチだもんね」

麻奈美はさも愛おしそうに膨らみを擦り、ボクサーブリーフのウエストに指をかけてくる。そして、少し緊張した様子でゆっくりと捲りおろした。

「きゃっ……」

反り返った男根が跳ねあがり、麻奈美の小鼻をパチンッと打った。

「あ……ご、ごめん」

謝るのもおかしい気がしたが、一応謝罪しておく。しかし、彼女の耳には聞こえていないらしい。ボクサーブリーフを完全に脱がして脚の間に正座をすると、そそり勃つ肉柱をうっとりと見つめてきた。

「こんなに大きいんだ……」

根元にそっと指を絡めてくると、さっそくゆるゆるとしごきはじめる。それだけで快感の波が押し寄せて、慎吾は思わず尻の筋肉に力をこめていた。

「くぅっ……」

「すごく硬い……ああ、どんどん硬くなる」

麻奈美は手コキをしながら前屈みになり、亀頭の先端にチュッと口づけをする。うっすらと滲んでいた我慢汁が付着するのも構わず、そのまま唇を開いて亀頭をヌルリと呑みこんだ。

「ンふううっ」

「おっ、い、いきなり……うむっ」

突然フェラチオされて、反射的に尻がシーツから浮きあがる。しっとりとした口腔粘膜が亀頭に張りつき、蕩けそうな快感が押し寄せてきた。

「ううっ……は、遥香が見てるって」

「ンっ……ンふぅっ」

ベッドには遥香が腰掛けているというのに、麻奈美はペニスを根元まで呑みこんでいく。唇で甘く締めつけながら、裏筋を舌でツツーッと舐めあげてくる。さらに顔を緩やかに前後させて、男根をやさしくねぶりまわしてきた。

「くっ……そ、そんなにされたら……」

無意識のうちに下肢がピーンッと突っ張ってしまう。かつての同級生が自分のペニスを美味そうにしゃぶっているのだ。その光景を見おろしているだけで、快感が何倍にも膨れあがった。

生意気だった麻奈美も高校を卒業してから、いろいろな経験を積んだのだろう。あくまでもやさしく、男が悦ぶツボを押さえてフェラチオしていた。

「ねえ、慎吾……」

それまで黙って見ていた遥香が、媚びるような声で呼びかけてくる。そして、なぜかシャツを脱ぎ、タイトジーンズをおろしはじめた。

「お、おい、なにやってんだよ」

淡い水色のブラジャーとパンティが露わになり、目のやり場に困ってしまう。しかし、遥香は頬を染めながらも、下着すら取り去って一糸纏わぬ姿になった。

ドーム型の巨乳と透明に近いピンクの乳首、それに秘毛が申し訳程度にしか生えていない恥丘が特徴的だ。昼間も見ているが、何度見ても飽きない健康美溢れる女体だった。

「わたしも仲間に入れて……」

遥香は掠れた声でつぶやくと、ベッドにあがって慎吾の顔を見おろしてくる。

「な、仲間って……いったい、なにを……」

「キス、しよっか？」

切なげな瞳でつぶやき、頬をそっと両手で挟みこんできた。

「は、遥香……うんんっ」

柔らかい唇がそっと触れてくる。そのまま舌がヌルリと入りこんで、自然とディープキスに発展していく。

「ンぅっ、慎吾……ンンっ」

遥香の悩ましい呻き声が聞こえてくるが、その間もペニスは麻奈美にしゃぶられていた。

「はむっ……ンふっ……あむぅっ」

慎吾の股間では、鼻にかかった声とジュプジュプという湿った音が響いている。青筋を浮かべるほど勃起した男根を念入りにしゃぶられるのは、腰が痙攣するほどの快感だった。

「遥香、勝手なことしないでよ」

麻奈美はいったんペニスを吐きだすと、遥香に文句を投げつけた。

「今はわたしの慎吾なんだから」

声高に慎吾の所有権を主張する。しかし、遥香は聞こえていないかのように、慎吾の舌を吸いつづけていた。

「はむンっ……慎吾ぉ」

「もう、勝手なんだから。こっちは渡さないからね」

ぶつぶつ言いつつも麻奈美は再びペニスを頬張り、これ見よがしに首を振りはじめる。頬が窪むほど強く吸引して、激しく唇をスライドさせてきた。

「あふっ……ンふっ……むふンっ」

「うむむっ……」

慎吾は喉の奥で低く唸った。

強烈過ぎる快感だ。なにしろ、遥香とディープキスしたまま、麻奈美から激しいフェラで責められている。瞬く間に射精感が高まり、我慢汁が次から次へと溢れだしていた。

「ううっ……も、もうダメだっ」

快楽に溺れそうになるが、意志の力を総動員して踏みこたえる。慎吾は遥香の唇を振りほどき、なんとか上体を起こした。

「ふ、二人して好き勝手に……もう許さないぞ！」

麻奈美の顔も股間から引き剝がし、四つん這いの格好を強要する。そして、背後からむっちりしたヒップを抱えこみ、唾液まみれのペニスをアーモンドピンクの陰唇にあてがった。

「あンっ、慎吾……」

麻奈美が怯えと期待の入り混じった瞳で振り返る。フェラチオしたことで興奮したのか、女陰は蜜を滴らせるほど濡れそぼっていた。

「麻奈美のここ、ぐちょぐちょになってるぞ」

ペニスが膣口に触れただけで、女体がヒクヒクと敏感な反応を示している。一気に貫こうと尻肉に指を食いこませたとき、麻奈美が慌てたようにつぶやいた。

「ひ、久しぶりなの……だから、ゆっくり」

彼女が離婚してから何年も経っている。もしかしたら、その間ずっとセックスから遠ざかっていたのかもしれない。勝ち気な麻奈美が怯えるくらいだから、乱暴にするわけにはいかなかった。

「じゃあ、いくよ」

「ゆっくりね、強くしたら怒るから」

「わかったよ……んんっ」

慎重に腰を押し出してみる。すると、亀頭の先端が花びらの狭間に嵌りこみ、いとも簡単に沈んでいく。

「あううっ……し、慎吾っ」

麻奈美の背中がビクンッと仰け反り、すぐさま艶めかしい喘ぎ声が溢れだした。念のため、亀頭が収まった時点でいったん動きをとめて馴染ませる。すると彼女は尻肉をぷるぷると震わせながら、訴えかけるように振り返った。

「き、来て……」

「大丈夫……なのか？」

慎吾は奥まで埋めこみたい衝動に駆られながら問いかけた。懸命に平静を保っているが、亀頭だけ媚肉に包まれて今にも理性が崩壊してしまいそうだった。

「もっと奥で感じたいの……慎吾のこと」

麻奈美が眉間に微かな縦皺を刻んで懇願してくる。その表情があまりにも健気で、慎吾は思わず彼女の背中に覆い被さった。そして乳房を両手で揉みしだきながら、さらに腰を押しつけた。

「はあっ……」

「ううっ、き、きついね……麻奈美のなか」

「やだ、ヘンなこと言わないで」

麻奈美は恥ずかしそうにつぶやくと、シーツに突っ伏して顔を埋める。ヒップだけ高く掲げる格好が卑猥だった。思わず慎吾は息を荒らげながら、腰をグイグイと振りはじめた。

「あっ……あっ……」

「ううっ、麻奈美とこんなこと……くううっ」

少し硬さのあった媚肉は、数回ピストンするだけでほぐれていく。華蜜で潤っているので、もう少しスピードをあげても大丈夫かもしれない。そろそろ本格的に突きこもうとしたとき、遥香が麻奈美のすぐ隣に這いつくばった。

「お願い、わたしも……」

消え入りそうな声だが、プリッとしたヒップを左右に振って猛烈にアピールしてくる。麻奈美が喘いでいる姿を見て、我慢できなくなったらしい。昼間一度交わっているからこそ、ここまで積極的になれるのだろう。

「ねえ、慎吾」

「お、おい、今は麻奈美と……」

慎吾は腰をゆるゆると振りながら困り果ててしまう。すると、遥香はセックスをしている真っ最中の麻奈美に話しかけた。

「麻奈美ぃ、ちょっとだけ」

顔の前で両手を合わせて懇願する。よほど発情しているのか、瞳をうるうると潤ませていた。

「ね、お願いだから、ちょっとだけ慎吾のこと貸して」

「仕方ないなぁ……」

麻奈美が呆れたように振り返った。

「慎吾、悪いんだけど遥香に挿れてあげて」

「えっ、麻奈美はそれでいいのか?」

「遥香の後で、ちゃんと最後までしてよ」

どうやら、二人を連続で相手にしないといけないらしい。そんなことが可能なのか不安になるが、やらなければ女の友情に亀裂が入るような気がした。

(まいったな……でも、やるしかない)

信じられない状況だった。もう、こんな機会は二度とないだろう。

慎吾は意を決すると、麻奈美から勃起をズルリと引き抜いて、遥香の背後に移動した。そして、さっそくサーモンピンクの割れ目に亀頭を押し当てる。それだけで女陰が嬉しそうにヒクついた。

「ああンっ……慎吾の熱い」

「じゃ、いくぞ」

「き、来て……あああッ！」

一気に根元まで挿入すると、遥香の頭が跳ねあがった。

自ら求めてきたくらいなので、女穴はたっぷりの華蜜で濡れそぼっている。ザワめく膣襞に誘われるように、すぐさまピストンを開始した。

「あッ……ああッ……いい……」

「おおっ、締まってる」

完全に出来上がっていた女体は、いきなり激しい反応を示して男根を締めつけてくる。膣道がウネウネと蠕動して、華蜜も奥からどんどん溢れてきた。

「こんなに濡らして……くうッ、くおおおッ」

気合いを入れて力強く腰を打ちつける。ヒップがパンパンッと音をたてるほどに、彼女の背中が反り返った。

「あッ……あッ……そんな、いきなり、はああッ」

「くうッ、俺はまだ……ううううッ」

奥歯を食い縛ってピストンを送りこむ。麻奈美の相手があるので、まだ昇りつめる訳にはいかなかった。しかし、ザワめく媚肉が射精感を煽りたててくる。慎吾はなんとか快感を抑えこみ、必死の形相で腰を振りつづけた。

「も、もう、わたし……ああッ、もうイッちゃいそうっ」

「ようし、イカせてやる……遥香、すぐにイカせてやるぞ」

ウエストをしっかりと摑み、腰をガンガン打ちつける。できるだけ奥に届かせるように、尻肉がへしゃげるほど叩きこんだ。

遥香は首を左右に振りたくり、男根を猛烈に締めつけてくる。全身汗だくになりながら、いよいよ女体に痙攣を走らせた。

「ああッ、そんなに奥……あああッ、ダメ、イクのっ、イッちゃううッ！」

ついにあられもない声をあげて昇りつめる。慎吾は巻きこまれそうになるのを、驚異的な精神力で持ちこたえた。

ペニスを引き抜くと同時に、遥香は力尽きたように崩れ落ちる。汗ばんだ身体を投げだし、うつぶせになってハァハァと激しく呼吸を乱していた。

「ああン、慎吾……」

麻奈美は四つん這いのまま、再び挿入されるのを待っている。遥香のアクメを目の当たりにしたことで、かなり発情しているようだった。

「さあ、今度は麻奈美の番だよ……」

慎吾は麻奈美のヒップを抱えこむと、遥香の愛蜜にまみれたペニスを淫裂に押しつけた。

「は、早く……あううッ！」

一度挿入しているだけに、あっさりと根元まで入っていく。先ほどは久しぶりのセックスということで、媚肉に若干硬さがあった。しかし、遥香のセックスを見たことで興奮し、念入りな前戯を施したような状態になっていた。

「麻奈美のなか、トロトロになってるよ」

「やだ、ヘンなこと言わないで」

照れ隠しに怒ったような口調になる麻奈美が可愛らしい。慎吾はくびれた腰を鷲掴みにすると、欲望のままに抜き差しを開始した。

「あぁッ、慎吾……あッ、あッ、あッ」

果汁をたっぷり湛えた蜜壺を、勃起でグイグイと攪拌（かくはん）する。麻奈美は切れぎれの喘ぎ声をあげて、綺麗な背中を紅潮させて波打たせた。

「くおッ、し、締まるっ」

遥香とセックスした興奮を引きずっているので、最初から手加減なしの全力ピストンだ。カリで膣壁を抉るように、大きなストロークでスライドさせた。

「あンンッ、嬉しい……わたし、慎吾と……」

「ま、麻奈美……ようし、もっと！」

彼女の素直な言葉が、慎吾の気持ちに火をつける。腰の動きを加速させて、ペニスを力いっぱい叩きこんだ。

「はううッ、す、すごい、あああッ」

麻奈美の声がどんどん甲高くなっていく。かなり感じてるのは間違いない。突きこむたびに尻たぶが小刻みに震えて、今にも昇り詰めそうになっていた。

「お、俺も……ううッ、もう出ちゃいそうだ」

もう力の加減などできない。本能のままにペニスを突きこみ、最後の瞬間に向けて燃えあがる。まるで全身に火がついたように、凄まじい勢いでピストンした。

「あああッ、もうダメっ、あああッ、い、いいっ」

「し、締まってきた、ううッ」

「いっしょに、あああッ、お願いっ、いっしょにっ」

麻奈美が喘ぎながら必死に懇願してくる。慎吾は彼女の呼吸に合わせて、ギリギリまで射精感をこらえて腰を振った。

「だ、出すよっ、もう出すよっ……おおおッ、ぬおおおおおッ！」

「はうぅッ、いいわっ、気持ちいい、ああッ、もう……あああッ、イ、イックうゥッ！」

膣奥にザーメンをぶちまけるのと同時に、麻奈美もよがり泣きを響かせる。汗ばんだ女体をぶるるっ、ぶるるっと痙攣させながら、恍惚の彼方へと飛び立っていく。慎吾はしつこく男根を抜き差しして、さらにザーメンを注ぎこんだ。

「くおおおッ！」

「ああッ、ま、また……ああッ、あぁぁぁぁぁぁッ！」

麻奈美の断末魔のような嬌声が、部屋中の空気をビリビリと震わせた。

三人とも無言で、しばらく倒れこんでいた。

いったいどれくらいの時間が経ったのだろう。三人はのっそり起きあがると、ようやく服を身に着けた。冷静になり、皆気恥ずかしさを感じていた。

「慎吾ってさ……」

なんとなく気まずい沈黙を破ったのは麻奈美だった。

「本当は紗希のことが好きなんでしょ？」

「えっ……」

突然の指摘に慎吾は目を丸くする。

雄治にしか話していないのに、どうして麻奈美が知っているのだろう。いや、鎌を掛けられただけなのかもしれない。そんなことを考えて黙りこむと、麻奈美は遥香に話を振った。

「見てればわかるよ。ねえ、遥香」

「うん、高校のときから知ってたよね。慎吾ってわかりやすいもん」

どうやら本当にバレバレだったらしい。片想いを知られていたとわかり、慎吾は湯気が出そうなほど顔を真っ赤にしてうつむいた。

第四章　元学級委員長が濡れて

1

スキー旅行から戻り、三日が経っている。

昨日と一昨日は実家からほとんど外出せずに、東京から持ってきたノートパソコンでライターの仕事をしていた。それなりに依頼はあるので、まったく仕事をしないわけにはいかなかった。

そして今日、遥香と麻奈美に食事をしようと呼びだされて、駅前の中華料理屋にやってきた。

店の前が待ち合わせ場所だが、まだ二人の姿はなかった。

約束の時刻は午後五時四十五分。なぜか六時ではなく、五時四十五分だとしつこく念を押された。

　ふと空を見あげる。

　すでに日は落ちているが、西の空はかろうじて茜色に染まっていた。東から闇が迫っており、空全体にグラデーションがかかっているのが幻想的だ。

　こうして田舎の空を眺めていると、胸の奥が熱くなるのはなぜだろう。東京のくすんだ空ではなにも感じない。生まれ故郷の記憶が、ＤＮＡに刻みこまれているせいかもしれなかった。

「ＵＦＯでも飛んでるの？」

　突然、至近距離から声をかけられてはっと我に返る。

　視線を向けると、そこには遥香が立っていた。隣には麻奈美の姿もある。二人ともやけにニヤニヤしているのが気になった。

「よ、よお……」

　先日のことが脳裏をよぎる。肉欲に溺れて二人連続でバックから突きまくった。強烈な快楽の記憶は、全身にしっかりと刻みこまれていた。

「よお、じゃないわよ」

　麻奈美がいきなり右腕にしがみついてくる。肘に当たる胸の膨らみが、服の上からでもはっきり感じられた。

「お、おい……」

「つれないなぁ。わたしのこと、あんなに夢中にさせておいてさ」

あの不良っぽかった麻奈美が、媚びるような瞳を向けてくる。すると、遥香も左腕に抱きついてきた。

「ちょっとぉ、慎吾はわたしのものなんだから」

やはり乳房を腕に押しつけて、くねくねと身体をよじりはじめる。人妻とは思えない甘えた仕草だった。

「な、なんなんだ？」

左右から元クラスメイトの美女二人に密着されるという、男にとって夢のような状況だ。嫌でも3Ｐの記憶がよみがえり、危うく股間が膨らみそうになる。

「フフッ、なに顔赤くしてんのよ」

「美女二人に挟まれて興奮しちゃった？」

麻奈美と遥香にからかわれて、慎吾は慌てて二人を振り払った。

「バ、バカ、やめろって」

いくら田舎で人通りが少ないとはいえ、誰に見られるかわからない。しかし、急にもてる男になったようで、悪い気はしなかった。

「くだらないことやってないで、早く入ろうぜ」

動揺を誤魔化すように背中を向けて、店に入ろうとする。すると、麻奈美が手を摑んできた。

「待って、もうすぐ六時だから」

「六時がなんだ？」

意味がわからず聞き返す。すると、遥香が横から口を挟んできた。

「やっぱりさ、気持ちは伝えておいたほうがいいんじゃない？」

「は？　なんの話だよ」

なにか策略を感じる。思わず二人の顔を交互に見やった。

「わたしたちも応援してるからさ」

「そうだよ。わたしと遥香はいつだって慎吾の味方だよ」

「お、おい……」

「人妻だからどうにもならないけど」

「胸に抱えているものを吐きだしたらすっきりするよ」

遥香が妙に神妙な顔でつぶやけば、すかさず麻奈美がつけ加える。なにやら二人は結託している模様だ。

「ちょっと待て、いったいなんの話だ？」

思わず語気を強めると、逆に二人が身を乗りだしてきた。

「紗希のことに決まってるでしょ」

「慎吾ひとりじゃ頼りないから、わたしたちが協力してあげる」

ふざけているわけではなく、彼女たちの瞳は真剣そのものだ。反論しようとしたが、あまりの迫力に思わずたじろいでしまう。

「やっぱり想いは伝えないと。ね、麻奈美」

「そうそう。抱えこんでると気持ちが前に進まないよ」

言葉に実感がこもっているのは、自分たちが慎吾に告白したことで心が軽くなったからだろう。

「まさか……今から？」

「うん。六時に待ち合わせしてる」

遥香がこともなげに言い放つ。なるほど、それで五時四十五分という中途半端な時間に呼びだされたのだ。おせっかいにもほどがあるが、二人のやさしさは痛いほど伝わってきた。

「なんか悩みがあるみたいだから、聞いてあげたらいいよ」

「そんなこと、女同士のほうがいいだろ」

「男の人に聞いてもらいたいこともあるの」

遥香はなにかを知っているらしい。そういえばスキー旅行のとき、紗希は酔っぱらって慎吾に絡んできた。大きなストレスを抱えこんでいるのだろうか。

「ちなみに紗希の旦那さん、今日から出張だからね」

「出張……って」

「わたしたちは途中で退場するから、慎吾、しっかりね」

「お、おい、退場しなくていいから」

遥香と麻奈美に激励の言葉をかけられてあたふたしていると、紗希が小走りにやってきた。

「ごめんなさい。待たせちゃって」

自分ひとりが遅れたと焦っているが、実際にはまだ六時五分前だった。

「全然大丈夫、わたしたちも今、来たところだから」

「そうそう、ちょっと早く着いちゃってさ」

遥香と麻奈美がごく普通に話しかける。先ほどまでの会話がなかったように、にこにこと笑顔を振りまいていた。

慎吾もなにか言葉をかけるべきだろう。しかし、意識しすぎて頭になにも浮かばない。ただでさえ紗希の前だとあがってしまうのに、自分のためにセッティングされた食事会だと思うとなおのこと緊張した。

「慎吾……」

麻奈美がキッとにらみつけてくる。なにか言えという合図だった。

「し、白川さん……こ、こんばんは」

ようやくそれだけを口にする。すると、彼女は微かに首を傾げるようにして、にっこりと微笑みかけてきた。

「こんばんは、飯島くん」

たったそのひと言で、慎吾の胸は温かくなる。高校時代はこの程度の挨拶さえ交わすことができなかった。

今日の紗希は花柄のワンピースに丈（たけ）の短いコートを羽織り、ナチュラルカラーのストッキングに包まれた美脚をさりげなく晒している。制服のスカートから覗いていた生脚もよかったが、ストッキングを穿くと人妻らしくてドキッとした。

（旦那が出張中ってことは……）

ついおかしな妄想がひろがってしまう。

もし、あの美麗な脚に触れることができたら、どんなに気持ちいいだろう。そんな機会はないと思うが、奇跡が起きたら心をこめた愛撫を施すつもりだ。

ほっそりとしたふくらはぎからはじまり、少しずつ手のひらを上に滑らせる。スカートのなかに手を忍ばせて……。そんなあり得ないことが、次から次へと頭に浮かんできた。

(ダ、ダメだ……ヘンなことを考えるな)

なんとか意志の力で妄想を掻き消すが、微かに呼吸が荒くなっている。気を抜くと彼女の脚に視線が向いてしまいそうだ。

「飯島くん、恐い顔してどうしたの?」

紗希が少し怯えたように尋ねてくる。すると、すかさず麻奈美が間に割って入ってきた。

「さては美女三人に囲まれて緊張してるな。紗希、気にしないで。慎吾の奴、柄にもなく照れてるみたいだから」

場の空気を和ませようとしているのだろう。冗談交じりに捲したてると、紗希の手を取って店内に入っていく。

　慎吾は一時的に緊張から解放されて、ほっと胸を撫でおろした。しかし、すぐさま遥香がつかつかと寄ってくる。そして恐い顔でキッとにらみながら、唇を耳もとに寄せてきた。

「ちょっと、怖がらせてどうするのよ」

「いや、そんなつもりじゃ……」

　普通に接したい気持ちはあるのだが、この状況では意識するなというほうが無理な相談だった。

「緊張してるの？　もう、仕方ないな」

　遥香はいきなり背伸びをすると、慎吾の唇にチュッと口づけた。

「……え？」

　街中でキスしてくるとは驚きだ。しかし、通行人に好奇の視線を向けられることよりも、唇の柔らかい感触にドキドキした。

「がんばって……慎吾」

　彼女のやさしい声が耳にすっと流れこんでくる。

　微笑がどこか淋しげに映ったのは気のせいだろうか。ラグビーの試合中、ハーフタイムに「がんばれ」と元気づけてくれたときのことをふと思いだした。

2

「お、おい、そんなに飲んで大丈夫かよ」

心配になって声をかけるが、麻奈美はかなりのハイペースで酒を飲んでいた。

慎吾の向かいの席に座っているので、無謀な飲みっぷりが嫌でも目に入ってくる。ビールにはじまり紹興酒、さらには芋焼酎を何杯もおかわりしていた。わざと酔い潰れようとしているような飲み方だった。

「全然大丈夫だって。慎吾は付き合わなくていいんだからね」

そう言いつつも、すでに呂律がまわっていない。それでも芋焼酎をグイグイと飲みつづけていた。

「麻奈美ちゃん、もうそれくらいにしたほうが……」

慎吾の隣に座っている紗希も、見かねたように声をかける。しかし、麻奈美は酔っ払いの常套句（じょうとうく）「酔ってない」を連発して聞く耳を持たなかった。

（まいったなぁ……本気なのかよ）

慎吾は頰を引きつらせながら内心でつぶやいた。

途中で退場すると言っていたが、どうやら本気らしい。それにしても、振りをすればいいだけで、本当に酔い潰れる必要はないと思うのだが……。

斜め向かいに座っている遥香に何度も目配せするが、なぜかいっこうにとめる気配がなかった。

「たまには飲みたいときもあるのよ」

「その通り！　さすが遥香、話がわかるわぁ」

その後も麻奈美は酒を飲みつづけて泥酔した。結局、というかおそらく予定通り、遥香が送っていくことになった。

「じゃ、お先に失礼するわね」

店を出て麻奈美をタクシーに押しこむと、遥香は意味深な視線を送ってきた。

——がんばって。

そう言われたような気がして、小さく頷き返す。麻奈美が無茶な飲み方をしてくれたおかげで、慎吾は冷静でたいして酔っていない。せっかく二人が食事会を計画してくれたのだ。こうなったら告白しないわけにはいかなかった。

「なんか心配だわ。麻奈美ちゃん、なにかあったのかな？」

二人が乗ったタクシーを見送ると、紗希がぽつりとつぶやいた。

「よ、よくわからないけど、遥香がついてるから大丈夫だと思うよ」

多少でも酒が入ったことで、しゃべりやすくなっている。まずは次の店に誘わなければならない。しかし、いざとなると言葉が出てこなかった。

「そうね、大丈夫よね。あの二人、昔から仲がいいもの。遥香ちゃんがいつでも相談相手になるわよね」

「あ、あのさ……」

思いきって話しかけてみる。いずれにしても、このまま立ち話をしているわけにはいかなかった。

「ど……どこかで飲み直そうか？」

緊張しながらひと息に言い切ると、途端に顔がカーッと熱くなる。赤くなっているのがわかるから、なおのこと恥ずかしくなってしまう。

「飯島くん……」

紗希がじっと見つめてきた。

妙な間が空いて息苦しくなり、余計なことを言ったと後悔する。仮にも彼女は人妻だ。考えてみれば、誘ったこと自体が非常識だったような気がする。沈黙に耐えられなくなって「冗談だよ」と言おうとしたときだった。

「気を遣って言ってくれてるの？」

小声で尋ねられて、思わず見つめ返した。

「……どういうこと？」

「だって、わたしと二人じゃ楽しくないでしょ」

冗談っぽく言っているが、瞳の奥は笑っていなかった。

「そ、そんなこと……」

「遥香ちゃんとか麻奈美ちゃんがいっしょのほうが、楽しいんじゃやない？」

無理に明るく振る舞っているが、言葉の端々に自信のなさが滲んでいるような気がした。

「だから、わたしとなんて——」

「そんなことないって」

つい強い口調で遮ってしまう。すると、彼女は驚いたように目を丸くして、両手の指先で口もとを覆った。

「あ……ご、ごめん、つい……」

慌てて頭をさげると、紗希は目を見開いたまま頷いた。

「びっくりした……飯島くんのそんなに大きな声、初めて聞いた」

どういうわけか、表情から硬さが抜けている。そればかりでなく、心なしか嬉しそうに見えた。

「ほんとにごめん。でも……やっぱり白川さんと飲みたいんだ」

「わたしのこと、誘ってくれるの？」

紗希が探るような瞳で尋ねてくる。人にどう思われているか、気になるかもしれない。これほど自信なさげな姿を見るのは初めてだった。

「もちろんだよ。もう一軒くらいダメかな？」

「遅くなっても大丈夫なの？」

逆に彼女が質問してくる。もしかしたら迷っているのかもしれない。ここは押しまくるしかないだろう。

「ほ、ほら、俺の仕事、始業時間とかないから」

慎吾は少しおどけて、両手でキーボードを叩く仕草をする。脈がありそうだとわかり、気持ちが逸(はや)っていた。

「じゃあ、もう一軒行こうか」

もう一度強引に誘ってみる。緊張感が消えることはないが、それでもいくらかスムーズに言葉が出るようになっていた。

「それなら……家に来ない？」

「……え？」

思わず聞き返してしまう。旦那が出張中の家に、人妻が元同級生を誘うということは……。

「あんまりお店ないから。それに、わたしの家と飯島くんの家、近いでしょ」

ただ単に互いの家が近いから、という理由らしい。勝手に勘ぐってドキドキしてしまった。いずれにせよ、紗希と二人で飲めるのなら断る理由はなかった。

3

紗希が結婚して、慎吾の実家の近所に新居を構えたのは知っていた。

しかし、片想いをしていた女性が旦那と暮らす家など見たくない。あえて避けていたのだが、まさかお邪魔することになるとは思わなかった。

旦那はリゾートホテルを経営しており、かなりの資産家だと聞いている。確かに田舎には不釣り合いなほどの豪邸だ。住宅街の一番奥にあり、白壁がエーゲ海の別荘を思わせる、屋敷と呼ぶのが相応(ふさわ)しい瀟洒(しょうしゃ)な建物だった。

清楚な学級委員長だった紗希は、セレブの仲間入りを果たしていた。

これほど大きな家に、旦那と二人で暮らしているというのだから驚きだ。自宅に招かれて浮かれていたのは最初だけで、今は彼女が他の男のものになってしまったことを実感している。三十畳はあろうかというリビングを見せつけられたら、敗北感を通り越して笑いすらこみあげてきた。

「すごいね……」

慎吾は座っている本革製の黒いソファを撫でながら、ぽつりとつぶやいた。

リビングを見まわすと、五十インチ以上はある大型テレビや豪奢(ごうしゃ)なシャンデリア、高価そうな絵画やクリスタルの置物などが目に入った。

「ホテルのオーナーだったよね、旦那さん」

「夫がすごいわけじゃないの。彼は継いだだけだから」

「でも、なんていうか……圧倒されるよ」

そんな言葉しか出てこない。家を褒めると旦那を褒めることになりそうで嫌だったが、なにも触れないのも不自然な気がした。

「こんな家に住めるなんて羨ましいな」

「本当にそう思う？」

キッチンから戻ってきた紗希が不思議そうな顔をする。なにか言いたいことがありそうな表情だった。

花柄のワンピースの裾がヒラヒラして、太腿がなかほどまで覗いている。ストッキングに包まれた美脚が魅力的で、視線を逸らすのに苦労した。

「だって、みんな羨ましがるでしょ？」

「どうかな。誰も呼んだことないから」

紗希はさらりと口にすると、無理をして微笑んだ。

「飯島くんが初めてなの」

「そ、そうなんだ……」

それは意外だった。近くに友人がたくさん住んでいるのに、誰も招いたことがないとはどういうことだろう。みんなと仲が悪いようには見えなかった。

「大きなお家がいいとは限らないんじゃないかな。だって、幸せの基準て人それぞれだから……」

大きい家に住んでいるからといって、必ずしも幸せとは限らない。遠まわしにそう言っているような気がした。

「ワインでいい？」

紗希はワインのボトルを手にしていた。

「赤ワインか、いいね」

ラベルを見せられたが銘柄などわからない。慎吾は動揺を誤魔化すように咳払いをして頷いた。

紗希が隣にすっと腰掛けてくる。それだけで、顔がカァッと熱くなり、心臓が激しい鼓動を刻みはじめた。

「不思議ね。飯島くんとお酒を飲む日が来るなんて」

彼女のつぶやきが、どこか遠くに聞こえる。確かに紗希と二人きりで飲めるなんて、夢を見ているようだった。

脚の細いワイングラスに、情熱的な赤い液体が注がれていく。意識し過ぎているせいか、トクトクと響く音がなにやら官能的に聞こえてしまう。

「それでは、あらためまして」

紗希がほっそりとした指で、ワイングラスの折れそうに細い脚を摘んだ。慎吾もグラスを手にして、緊張しながらチンッとぶつけた。

「……乾杯」

気の利いた言葉を添えたかったが、なにも頭に浮かばなかった。

同級生に乾杯とか、友情に乾杯とか、青春に乾杯とか、それっぽいことを言うべきだったろうか。しかし、高校時代はほとんど接点がなかったので、とってつけたような台詞になりそうだった。

「ん、美味しい」

そんなひと言でさえ、慎吾にとっては媚薬のように感じられる。ワインを飲む前から、酔いがまわったように頭の芯が痺れていた。

「お……美味しいね」

合わせてつぶやくが、もうワインの味などわからない。目の前にいる紗希に惹きつけられていた。

「ワインとか、よく飲むの？」

とにかく沈黙を避けたくて話しかける。しかし、触れてはいけない話題だったらしい。彼女はそっと睫毛を伏せると、首をゆるゆると左右に振った。

「家で飲むことはほとんどないわ」

「でも、旦那さんと……」

「わたしと飲んでも楽しくないみたい」

紗希のつぶやきを聞いて、慎吾は思わず言葉を呑みこんだ。先ほども彼女は似たようなことを言っていた。

――だって、わたしと二人じゃ楽しくないでしょ。

もしかしたら、夫婦関係がうまくいっていないのではないか。そう考えると、ネガティブな発言にも納得がいく。

「なんか……ごめん」

思わず謝罪した直後に、また余計なことを言ったと思った。ここはさらりと流すべきだったのではないか。彼女にしても突っこまれたくない話題だろう。とてもではないが、高校時代の彼女への想いを告白するような雰囲気ではなくなっていた。

「今日はひとりじゃないから楽しいわ」

彼女は淋しそうに微笑んで、グラスのワインを飲み干した。慎吾はすかさずボトルを手に取って注いだ。

「ありがとう……飯島くんも飲んでね」

「誰かとワインなんて久しぶりだな。俺、ひとり暮らしだから、たまに缶ビールを飲むくらいだよ」

場の空気を明るくしようと、少しおどけて言ってみる。しかし、彼女はグラスを目の高さに掲げて、思い詰めたように赤い水面を見つめていた。

慎吾は緊張をほぐそうとワインを喉に流しこむ。いっそのこと酩酊したほうが、会話が弾むような気がした。

「わたしもひとり暮らしみたいなものよ」

返す言葉がなかった。やはり話題はネガティブな方へと流れていく。

彼女が抱えている悩みは、夫婦関係のことらしい。結婚しているのに「ひとり暮らしみたい」とはどういうことだろう。

「こんなふうに二人で飲んだことって、本当に数えるほどしかないの。すごく忙しいひとだから」

紗希はグラスを空にすると、憂いを帯びた瞳でつぶやいた。

片想いをしていたかつての同級生が人妻となり、旦那のことで思い悩んでいる。力になってあげたいとは思う。しかし、恋愛にも疎いのに、夫婦間の問題にアドバイスできるはずがない。慎吾はうんうんと頷きながら、またワインを注いだ。

「仕事で忙しいのはわかるけど、こんな大きな家にひとりで残されて……」

こみあげてくるものがあるのか、紗希はいったん言葉を切って黙りこむ。そして、またしてもグラスのワインをひと息に呷った。

「もう少しゆっくり飲んだほうが……」

思わず声をかけるが、彼女は空になったグラスをテーブルに置き、目顔でおかわりを要求する。慎吾は困惑しながらも、仕方なくワインのボトルを手に取った。

「さっき、飯島くんが大きな声出したでしょ」

ここに来る前、もう一軒行こうと誘ったときのことを言っているのだろう。あのときは無意識だったが、マイナス思考になっている彼女をなんとか元気づけたい一心だった。

「ちょっと嬉しかった」

「……え？」

「驚いたけど、感情をぶつけてくれて嬉しかったの」

紗希はワインをひと口飲むと、首を傾げるようにして微笑んだ。

「だって、本当の友だちみたいでしょ？」

彼女の言葉から深い悲しみが伝わってくる。真意はわからないが、とにかく重いものを背負っていることだけはわかった。

「なに言ってるんだよ。俺も、遥香も、麻奈美も、雄治だって、みんな友だちだろ？」

無神経なひと言が、彼女を傷つけてしまうかもしれない。言葉を選んで穏やかな口調を心がけた。

すると、紗希は泣き笑いのような表情を浮かべて首を振った。

「麻奈美ちゃんが飲み過ぎても、遥香ちゃん、すごくやさしい目で見てた。きっとあの二人って、すごくわかり合えてるんだと思う」

「あいつらは昔から仲良かったからな」

「わたしには、ああいう友だちがいないの……」

なんとなく言いたいことがわかってきた。

紗希の横顔に淋しさが滲んでいる。おそらく、彼女には相談できる友だちがいなかったのだろう。

高校時代は模範的な優等生で飛び抜けた存在だった。

清楚で真面目で、そのうえ美人で、孤高の人といった印象が強く残っている。クラスメイトとは仲良くしていたが、親友と呼べる気のおけない友だちはいなかったような気がする。完璧すぎる彼女には近寄りがたい雰囲気が漂っていた。

「みんな一歩引いてるっていうか……」

澄ましているように見えたが、彼女なりに孤独を感じていたらしい。本当はもっとみんなと仲良くしたかったのだろう。

「結婚したら、なにか変わるかもって期待してたけど……」

紗希は自分でワインをなみなみと注いでいく。かなり酔いがまわっているらしく、呂律が怪しくなっていた。

「飲み過ぎはよくないよ」

さすがに見かねて声をかけるが、彼女はグラスを手にして飲もうとする。

「いいの。わたしなんてどうなっても。きっと夫もそう思ってるわ」

「身体に悪いよ。せめて、もう少しペースを落としたほうが」

また一気飲みをしそうな気配だ。なんとかやめさせたくて、思わず彼女の手首を摑んでいた。

「飲まないとやってられないもの」

「ダメだって。ちょっと落ち着こう」

「いいから離してっ」

紗希が感情を露わにして、慎吾の手を振り払おうとする。酔っているので力の加減ができていない。勢い余ってグラスのワインが彼女の身体に降りかかった。

「あっ……」

花柄ワンピースに赤ワインの染みが見るみるひろがっていく。生地が肌に張りつくほどぐっしょり濡れている。胸もとにはブラジャーのラインが浮きあがり、裾は内腿に入りこんでぴったりと張りついていた。

「ご、ごめん、なにか拭く物ある？」

慎吾が問いかけると、紗希は無言でキッチンのほうを見やった。慌てて向かうと布巾があったので持ってくる。彼女はソファに呆然と座ったままだった。

ワインがかかったのがショックだったのか、腹を立てて口も聞きたくないのか、それとも完全に酔いがまわってしまったのか。とにかく、彼女は布巾を受け取ろうとしなかった。

「お、俺が拭くよ、いいね？」

濡れたまま放っておくことはできない。慎吾は隣に腰掛けると、逡巡しながらも恐るおそる手を伸ばしていく。ブラジャーが透けたワンピースの胸の谷間に、そっと布巾を押し当てた。

（さ、紗希さんの胸……）

緊張で指先が震えてしまう。

遠慮して軽く触れただけだが、それでも彼女はまるで魂が抜けたように反応しなかった。うつむき加減に床の一点を見つめていた。

「大丈夫？　本当に拭くからね？」

念を押してから、染みがひろがっている乳房の膨らみにも布巾を重ねる。つい力が入って、柔肉のプニッという感触が指に伝わってきた。

（おおっ、これが……）

思わず鼻息が荒くなる。彼女が無反応なのをいいことに、もう少し強く布巾を押しつけてみた。乳房が柔らかく形を変えて、指先がめりこんでいく。布地越しでも、想いつづけていた女性の胸に触れている実感が湧きあがった。

「ふ、拭いてるだけだから」

慎吾は言いわけのようにつぶやきながら、反対側の胸にも布巾をかぶせていく。今度は手のひらをそっと押し当てた。それでも彼女は反応しない。それならばと、曲線に合わせて五本の指をぴたりと密着させた。

（ああ、紗希さん）

思いきり揉みしだきたい衝動がこみあげる。乳房の膨らみに沿わせた指が小刻みに震えていた。しかし、さすがにこれ以上はできない。紗希に嫌われたくなかった。

「あ、あとは紗希さんが自分で……」

後ろ髪引かれる思いで、乳房から手を引き剝がそうとする。そのとき、彼女がすっと顔をあげて虚ろな瞳を向けてきた。

「今……紗希、って……」

「え？　あっ……な、なれなれしかったね、ごめん」

つい昔から心のなかで呼んでいるように「紗希さん」と口に出してしまった。思いがけず胸に触れたことで動揺していたのだろう。慌てて謝罪すると、彼女はふっと視線を逸らした。

「どうして謝るの？　遥香ちゃんや麻奈美ちゃんのことは呼び捨てなのに」

「い、いや、あいつらは、なんか違うからさ」

「わたしはやっぱり仲間に入れないのね」

そう言われてはっとする。紗希はこういうことを淋しがっているのだろう。きっと気さくに付き合える仲間が欲しいに違いない。

「じゃ、じゃあ、今から名前で呼ぶことにするよ」

思いつきで口にしただけだが、紗希は意外にも期待の籠もった瞳を向けてきた。そんな顔をされると、余計に呼びづらくなってしまう。

「さ……さ、紗希……」

緊張で声が掠れるが、初めて彼女のことを呼び捨てにした。

「嬉しい……」

紗希はぱっと表情を明るくする。そして、胸に押し当てられたままの慎吾の手に、自分の手のひらを重ねてきた。

「あ、ちょっと……」

結果として、乳房に手を強く押し当てることになってしまう。反射的に離そうとするが、彼女はますます手に力をこめてきた。

「わっ……」

「濡れた服を脱がして」

まっすぐに見つめられてどぎまぎする。まさか紗希にそんなことを言われるとは思いもしなかった。

「か、顔が赤いよ。飲み過ぎたんだね」

「遥香ちゃんとか麻奈美ちゃんだったら脱がしてあげるでしょう？」

「そんなことしないよ。あいつらだって頼まないし」

「ウソ、飯島くんだったらするわ。だって、やさしいもの」

遥香は慎吾の手を胸に押しつけたまま、ソファからゆっくり立ちあがる。慎吾も釣られるように腰を浮かせた。

「わたし、酔ってるの。お願いだから手伝って」

濡れた瞳でじっと見つめられる。そして、その場でくるりと回転して背中を向けてきた。ファスナーをおろすようにうながしているのだろう。女性にここまでされて断るわけにはいかなかった。

慎吾は震える指でワンピースのファスナーをおろした。白い背中がチラリと見えて緊張感が高まる。さらに肩を滑らせるようにして、ワンピースを脱がしていく。

(まさか、俺が紗希さんの……いや、紗希の服を脱がすなんて……)

いまだにこの状況が信じられなかった。

そして、ラベンダー色のブラジャーが見えてドキリとする。染みひとつない滑らかな背中を見ながらおろしていく。ほっそりとしたウエストにつづいて、やはりラベンダー色のパンティに包まれたヒップが露わになった。

「おおっ……」

尻たぶは脂が乗ってむっちりしており、いかにも揉み心地がよさそうだ。パンティからプニュッと溢れている尻肉に視線が惹きつけられる。舐めるように見つめながらワンピースをさげると、彼女は片方ずつ足をあげて自ら抜き取った。

「ありがとう……やっぱり飯島くん、やさしいね」

紗希がゆっくり正面を向く。花をあしらったハーフカップブラが、大きな乳房を持ちあげるように支えている。白い肌が大胆に露出しており、魅惑的な谷間も剝きだしになっていた。

盛りあがった恥丘には、カットの深いパンティがぴっちり張りついている。秘毛がはみ出していないので、普段からしっかり手入れしているのか、それとも元から薄いのか……。

（こ、これが紗希の身体……）

慎吾は完全に言葉を失い、目を見開いたまま生唾を呑みこんだ。

いずれにせよ、お堅い学級委員長のイメージからは想像がつかないセクシーすぎる姿だった。

「下着も濡れてるの」

紗希が胸を突きだすようにしてくる。確かにブラジャーとパンティには赤ワインの染みがひろがっていた。胸の谷間や腹部もうっすらと湿っているようだった。

「このままだと風邪ひいちゃうから……ね？」

悪酔いしているのだろうか。紗希が下着まで脱がせようとしていた。

（い、いいのか？　本当にいいのか？）

葛藤がないわけではない。しかし、大胆な姿で密着しそうなほど迫られると、拒絶することはできなかった。

「ホックを外して」

そう言いつつも背中を向けようとはしない。だから、慎吾は女体を抱くような格好で手をまわし、指先でブラジャーのホックを探った。

「あンっ、くすぐったい……」

緊張でなかなか外すことができない。指先が背中に触れるたび、紗希は肩をすくめて甘い声を漏らす。すると、なおのこと緊張で指が震えてしまう。

ようやくホックが外れてブラジャーのカップが上方に跳ねあがる。その直後、大きな乳房が波打ちながらまろび出た。

「ううっ……」

慎吾は低い唸り声を漏らして、思わず腰を引いていた。

先ほどから窮屈なジーンズのなかでペニスが膨らんでいる。先走り液を吐きだして、ボクサーブリーフのなかがドロドロになっていた。

紗希は自分でブラジャーを腕から抜き取り、上半身をすっかり剝きだしにする。慎吾の視線を感じて、しきりにもじもじしているが、それでも決して身体を隠そうとはしなかった。

乳肉のたっぷりとした量感もさることながら、肌が信州の雪のように白いので乳首のピンク色が際立っている。双乳は滑らかな曲線を描いており、身じろぎするたびに柔らかそうにフルフルと揺れていた。

「し、下も……お願い」

紗希は恥ずかしそうに睫毛を伏せると、掠れた声でねだった。それを聞いた慎吾は、すぐさまパンティのウエストに指をかけた。

ゆっくりと最後の一枚を引きさげていく。恥丘が徐々に姿を現し、ふわっとした秘毛が溢れだす。羞恥に耐えきれず、腰を左右に揺らす様がなおのこと牡の興奮を煽りたてた。

さらにパンティをおろすことで全容が露わになってくる。濃すぎず薄すぎず、ほどよい量の陰毛が茂っていた。どうやら陰毛の手入れをしているわけではなく、天然でハイレグカットに収まる小判型に生え揃っているようだった。

「やっぱり……恥ずかしい」

紗希の声がやけに湿って聞こえたのは気のせいだろうか。パンティをつま先から抜き取ると、内腿をぴったり閉じ合わせて腰をくねらせた。

「お、俺……もう……」

理性は崩壊寸前だった。すでに慎吾の股間は破裂しそうなほど膨らんでいる。今すぐにでも押し倒してペニスを挿入し、本能のままに腰を振りまくりたかった。

「綺麗にして……」

紗希の声が背中を後押しする。彼女の胸や腹部は、ワインで濡れ光っていた。

「さ、紗希っ」

もう躊躇はなかった。慎吾は中腰になると、紗希の胸に顔を埋めていく。柔肌に口を押し当てて舌を伸ばし、ワインをペロリペロリと舐めあげる。芳醇な葡萄の香りに加えて、彼女の甘い体臭が口内にひろがった。

「あンっ……ぜ、全部、綺麗に……」

乳房の谷間に舌を這わすたび、紗希の声が微かに震える。慎吾はますます昂ぶり、滑らかな肌に舌を這いまわらせた。

「こ、ここにも……ワインがついてから」

乳房をゆっくりと舐めあげていく。先端に近づくほどに、紗希が焦れたように腰を振る。慎吾も鼻息を荒くしながら、ついにピンクの乳首に吸いついた。

「あっ……」

紗希の唇から艶めかしい声が溢れだし、膝が崩れそうなほど震えだす。慎吾は彼女の腰に手をまわして支えながら、口に含んだ乳首に舌を這いまわらせた。

「あンンっ……そ、そんなところにも、ワインが？」

「そ、そうだよ……ちゃんと全部綺麗にしてあげるから」

もうワインなど口実にすぎない。慎吾は夢中になって乳首を吸いまくった。

「う、うん……はンンっ」

紗希の唇から甘い声が漏れている。

もう二人は純粋だった高校生ではない。酸いも甘いも知り尽くした大人の男と女だった。暗黙の了解のなかでこうしてじゃれ合うことにも、さほど罪悪感を持たなくなっていた。

「んん……紗希」

「あっ……あっ……き、綺麗に……して」

紗希の切れぎれの声が、慎吾をよりいっそう奮いたたせる。もうこうなってしまったら、欲望を抑えることはできなかった。

(仕方ないよ……俺たちはワインを飲み過ぎたんだ)

心のなかで言いわけをつぶやきながら、ぷっくりと膨らんだ乳首を左右交互に舐めつづける。舌でねっとり転がしたかと思えば、ピンピンと弾いて女体がビクつく反応を楽しんだ。

双つの乳首を散々味わい尽くすと、慎吾はその場にしゃがみこみながら、腹部に舌を這わせていく。ワインが付着した皮膚をペロペロと舐めて、臍の穴にも舌先を潜りこませた。

「はンっ、お、お臍も？」

「そうだよ。ここも綺麗にしないとね」

慎吾は臍を念入りに舐めて、さらに下腹部に口づけする。そのまま恥丘に向かって唇を滑らせようとするが、ふいに紗希が肩を摑んできた。

「待って……その前に服を脱がせてあげる」

紗希の言葉に導かれてゆっくりと立ちあがる。すると、彼女の細い指がシャツのボタンを上から順に外しはじめた。

上半身が裸になると、紗希は目の前にひざまずく。ベルトをカチャカチャと鳴らしながら外して、ジーンズを膝まで引きおろした。

「もうこんなに……」

紗希が息を呑むのがわかった。驚きと嬉しさの入り混じった声が聞こえてくる。ボクサーブリーフの股間は、生地が破れそうなほど張り詰めていた。

(さ、紗希に見られてる)

我慢汁の染みがひろがっているのが恥ずかしい。しかし、羞恥を超えた興奮が湧きあがり、嫌でも期待感が膨らんでいく。

慎吾は夢のなかを漂っているような気持ちで、紗希の細い指がボクサーブリーフにかかるのを見つめていた。ゆっくり捲りおろされると、勃起したペニスがビイインッとバネ仕掛けのように跳ねあがった。

「すごいね……」

紗希は溜め息混じりにつぶやき、すっと息を吸いこんだ。

顔が赤らんでいるのはワインのせいだけではない。牡の匂いを嗅いだことで、女の部分が刺激されているに違いなかった。その証拠に紗希はしきりに腰をもじつかせている。まるで誘うように、悩ましくヒップを突きだしていた。

「はぁ……やっぱり男らしいのね」

そんなことを言われたのは初めてだ。嬉しさのあまり、勃起がビクッと揺れてしまう。すると、彼女は驚いたように目を見開いた。

「元気なのね……」

紗希はひとり言のようにつぶやき、ペニスの根元に指を絡めてくる。太さと硬さを確かめるように、二、三度指をスライドさせてきた。

「ううっ……」

手コキの快楽で腰砕けになると、ソファに座るように誘導される。そして、ペニスをしごかれながら、片手で肩を押されて仰向けになった。

「な……なにを？」

「横になってて……動かないでね」

見つめてくる瞳がさらなる刺激を求めている。慎吾もここまで来たら、行き着くところまで行くつもりだった。

「飯島くん、お願い……」

紗希は大胆にもソファにあがって慎吾の顔をまたいできた。逆向きに重なり、身体をぴったりと密着させる。女性上位のシックスナインの体勢で、いきなり股間が目の前に迫ってきた。

（ああ、こ、これが……）

思わず唸るほどの淫らがましい光景だった。

女陰はとても人妻とは思えない鮮やかなピンク色で、花弁が小さくじつに清楚なたたずまいだ。しかし、乳首を舐められたことで感じたらしく、たっぷりの華蜜で卑猥に濡れ光っていた。

「すごく綺麗だよ」

「あ、あんまり見ないで……あンっ、息がかかってる」

自分でまたがっておきながら、いざ見られると恥じらって身をよじる。そんな紗希の初心な反応にほっとさせられた。

とはいえ、どんなに嫌がられても、この状況で見ないはずがない。女陰だけではなく、尻の穴まで丸見えなのだ。慎吾は両手をまわして尻たぶを摑むと、左右にググッと割りひろげた。

「やンっ……恥ずかしい」

紗希の可愛い声が聞こえたと思ったら、ペニスの根元をシコシコとしごかれる。思わず腰が跳ねあがり、我慢汁がトクンッと溢れだした。

「うおっ、ちょ、ちょっと……」

慌てて尻の筋肉に力をこめて、射精感をやり過ごす。これまでにないほど興奮しているので、ちょっとの刺激で欲望を噴きあげてしまいそうだった。

「飯島くん、いっしょに……」

遠慮がちな声が聞こえてくる。彼女もその気になっているらしい。もちろん誘いを断るはずもなく、慎吾は鼻息を荒らげながら陰唇に激しくむしゃぶりついた。

「紗希……お、俺、もうっ」

「あっ、ま、待って」

紗希が焦ったように身をよじる。刺激が強すぎたのかもしれない。しかし、今さらやめることなどできなかった。

「ね、ねえ聞いて……ああぁっ」

「これが紗希の……おむうっ」

唇には柔らかい女陰が触れている。本能のままに舌を伸ばして、愛蜜を掬うようにねろりと舐めあげた。

「はあぁっ……ひ、久しぶりなのっ！」

彼女の裏返った声を聞いた瞬間、慎吾ははっと我に返った。

「じつは……夫が浮気してるの」

唇を離して愛撫を中断すると、紗希は消え入りそうな声で語りはじめた。

なんとなく予想はついていたが、やはりそういうことらしい。今回の出張にも、秘書兼愛人の女が同行している疑いがあるという。

そして、紗希は真実が明らかになるのが怖くて、夫に問いただすことができないでいるらしい。

「わたしには、もう一年以上も指一本触れていないわ……」

紗希の声は暗く沈んでいた。

夫に浮気されて深く傷ついている。相談できる親友も、愚痴を聞いてくれる仲間もなく、ずっとひとりで思い悩んできたのだろう。しかも彼女は三十歳の健康的な肉体を持つ女性だ。欲求不満を溜めこんで、毎晩苦しんでいたに違いない。

「それなら、俺が……俺が紗希のこと……」

今度は慎重に、目の前の女陰に唇をそっと押し当てる。柔らかい感触に陶然となりながら、割れ目にやさしく舌を這わせた。

「はンンっ……飯島くん」

紗希の唇から甘い声が溢れだす。そして、羞恥を誤魔化すように、握り締めている男根をしごきはじめた。

「ううっ……」

「わたしも、していい？」

遠慮がちに尋ねてきたかと思うと、先走り液にまみれた亀頭に口づけして、そのままヌルリと呑みこんだ。

「はむぅぅっ」

「うおっ、さ、紗希の唇が……」

あの清楚な学級委員長だった紗希が、ペニスをぱっくりと咥えこんでいる。柔らかい唇でカリ首を締めつけて、さらにヌルヌルと口内に収めていく。肉胴を擦られる感触は蕩けるようで、腰が小刻みに震えだした。

（まさか、こんなことができるなんて……）

単なる片想いで終わると思っていたのに、紗希とシックスナインをするなんて想像すらしたことがない。真面目だった彼女がペニスを咥えるなんて、いまだに信じられなかった。

「ううっ……お、俺も……」

慎吾は反撃とばかりに、淫裂の狭間をできるだけソフトに舐めあげる。触れるか触れないかの微妙なタッチで、ゆっくり肛門に向かって舌先を滑らせた。

「あむううっ……」

紗希が男根を咥えたまま、くぐもった喘ぎ声を響かせる。割れ目から新たな蜜がじわじわと滲んで、抱えこんでいるヒップがヒクヒクと震えだした。

「これがいいんだね……んんっ」

何度も繰り返し割れ目を舐めあげる。久しぶりに愛撫を受ける彼女が怯えないように、あくまでもスローペースで舌を使った。

「ンっ……ンふっ……はふンンっ」

紗希もゆったり首を振っている。唾液と我慢汁が塗り伸ばされて、ヌルヌル滑る感触が心地いい。ペニスはさらに硬くそそり勃ち、まるで味わうようにねちっこく唇をスライドさせてくる。ペニスはさらに硬くそそり勃ち、感度がどんどん高まっていた。

「くうっ、き、気持ちいい……紗希もいっしょに」

舌先を尖らせると、淫らな泥濘にそっと潜りこませる。媚肉を掻きわけるようにして、ねろねろと差し入れていった。

「あンンっ！」

女体がビクンッと跳ねあがる。目の前に見えている肛門がキュウッと締まり、尻肉の震えが手のひらに伝わってきた。膣に挿入した舌をゆっくりと出し入れすると、さらに反応が顕著になった。

「ンンっ……はンンっ」

紗希はペニスをずっぽり呑みこんだまま、喉の奥で激しく喘ぎだした。感じるほどに首の振り方が速くなり、唇の締め方も強くなっていく。

「おおっ……」

思わず唸りながら、慎吾も舌の動きを加速させる。舌を目いっぱい伸ばして、蜜壺をずぼずぼと掻きまわした。

相乗効果で愛撫がどんどん激しくなる。互いの性器をしゃぶり合うことで、興奮が急速に高まっていく。発情が発情を呼んで、よりいっそう愛撫に熱が入る。相手に快感を送りこめば、より大きな快感となって戻ってきた。

「あふっ……むふっ……あンンっ」

紗希は首を左右に捻りながら、ペニスを執拗にねぶりあげてくる。根元まで呑みこんだと思ったら、すぐにズルズルと吐きだされてカリの段差を擦られた。同時に舌を巻きつけて刺激されると、思わず腰が浮きあがった。

「き、気持ちいい……くううっ」

射精感がいよいよ切羽詰まってくる。彼女の口内で男根がヒクつくのを自覚しながら、慎吾はここぞとばかりにクリトリスを吸いあげた。

「ひうううッ……ンンッ、はうううぅぅぅぅぅぅッ！」

紗希はペニスを根元まで呑みこみ、全身を激しく突っ張らせる。肉芽を吸引されてアクメに達した反動で、肉胴を唇で思いきり締めつけてきた。

「くおッ、す、すごいっ……おおおッ、うおおおおおッ!」

慎吾も獣のように唸りながら、彼女の口内にザーメンを噴きあげる。大きなヒップを抱えこんで陰唇に口づけしたまま、ドクドクと欲望の汁を注ぎこんでいく。

凄まじい快感電流が全身にひろがり、精液が次から次へと溢れだす。一度にこれほどの量を射精するのは初めてだった。

「ンンンっ……ンふっ……ンむぅっ」

紗希は驚いたように呻くが、ペニスを吐きだそうとはしない。喉を鳴らして、粘りつく粘液を飲みくだしていった。

4

「わたし、恥ずかしい……」

紗希は小声でつぶやき、両手で顔を覆い隠した。

ソファに横たえられた身体にはなにも纏っていない。太腿こそぴっちり閉じられているが、恥丘に茂る小判型の秘毛も大きな乳房も剥きだしになっていた。

（俺、本当に……あの紗希と……）

慎吾は彼女の下肢をまたいで膝立ちしている。熟れた女体を見おろして、ひとり感慨に耽っていた。

シックスナインで同時にオルガスムスを貪った。強烈な射精の余韻で頭の芯がジーンと痺れている。高校時代からずっと片想いをしていた女性と相互愛撫に耽り、快楽を分かち合ったのだ。

しかし、夢の時間はまだ終わっていない。慎吾のペニスは反り返ったままで、いっこうに萎える気配がなかった。

彼女の膝を立てさせると、両膝をググッと左右に押し開く。内腿の奥に綺麗なピンクの花びらが見えて、勃起がピクンッと反応した。慎吾は腰を進めると、パンパンに膨らんだ亀頭を花弁にぴとりとあてがった。

「あンっ……」

狭間から溢れだした愛蜜が、亀頭をピチュッと濡らしていく。あとは軽く体重をかけるだけで、深く繋がることができるはずだ。

「ああ、飯島くん」

「紗希……い、いくよ」

視線を絡ませて、いよいよペニスを挿入しようとする。そのとき、突然リビングに置かれている電話が鳴った。

思わず固まって見つめ合う。

「ご、ごめんなさい……」

紗希は申し訳なさそうにつぶやくだけで、電話に出ようとしない。

そして、呼び出し音から留守電の録音に切り替わった。

『俺だ。紗希、いないのか。この留守電を聞いたら携帯に電話をくれ』

紗希の旦那からのメッセージが流れる。

彼女が我に返っていく様子がうかがえた。

頭から冷水をかけられたような気分だ。一瞬で酔いが覚めて、意識が夢の世界から現実に引き戻された。そう、彼女は人の妻なのだ。

「どうして……電話なんてめったにしてこないのに」

やはり我に返ってしまったのだろう。紗希の声は困惑しきっていた。

もうつづきをする雰囲気ではなかった。

「お、俺……そろそろ帰るよ」

慎吾はそっと彼女から離れると、脱ぎ散らかしていた服を身に着けていく。

「電話、したほうがいいんじゃないかな」

彼女が気を使っているのかもしれないと思って一応声をかけてみる。紗希は身体を起こしてソファに座ったが、しかし電話には手を伸ばそうとしなかった。

「いいの……」

先ほど脱いだワンピースを胸にあてがってつぶやいた。

「じゃ……」

気まずい空気が漂うなか、慎吾はそそくさと服を着ると背中を向けた。

紗希の淋しげな視線が気になって仕方がない。とはいえ、かける言葉が見つからず、逃げるようにリビングを後にした。

第五章　青春の忘れ物―制服の美女―

1

慎吾は朝から実家の自室でパソコンに向かっていた。

しかし、どうにも集中できなかった。締め切り間近の原稿を書いていたのだが、書いては消し、書いては消しの連続でまったく進んでいない。それでも、なんとか十枚ほど書いたが、結局気に入らずに削除した。

ふとした瞬間に、昨夜のことを思いだしてしまう。

紗希の白くて滑らかな肌の感触が、生々しくよみがえってくる。たっぷりとして柔らかい乳房と豊満な尻、綺麗な小判型の秘毛が生えた下腹部に、鮮やかなピンクの陰唇が瞼(まぶた)の裏に焼きついていた。

（ああ、紗希……）

心のなかで名前を呼ぶだけで、熱い想いがこみあげてくる。

シックスナインで快楽を共有したことは一生の思い出だ。ある意味、童貞を捨てたときより、昨夜の出来事の方が遥かに感動的だった。

しかし、あと一歩のところで最後までできなかったのは悔いが残る。とはいえ、彼女が人妻だということを考えれば、これでよかったのかもしれない。あそこまでいって中断したのだから、所詮(しょせん)交わることのない運命なのだろう。

もう一度会いたいが、会うべきではないとも思う。せめて声だけでも聞きたいが、電話をかける勇気はなかった。

悶々としたまま午後になり、気分転換しようと家を出た。

天気は良かった。ブルゾンを羽織り、ブラブラと駅まで歩いてみた。交通量は少なく、通行人もさほどいない。のどかな田舎の景色は、眺めているだけで心が和んだ。

いまだにこれからのことを決めかねていた。

東京でライター業をつづけながら小説家になる夢を追うのか、腹を括(くく)ってライター一本に絞るのか。それとも、田舎に戻って新たな仕事を探すのか。いずれにせよ、そろそろ答えを出さなければならなかった。

（田舎で就職したら、ずっとここに住むことになるのかなぁ……）

駅前の小さな書店を覗きながら、ぼんやりそんなことを考える。

なにもない田舎町だ。本屋は老夫婦が経営しているこの一軒だけ。ショッピングモールなどもちろん存在しない。コンビニはあるが夜の十一時に閉店する。飲み屋は数軒あるが、どの店に行っても知り合いに会ってしまう。

都会のドライな生活に慣れた身としては、煩わしく感じることも多いだろう。実際に住むとなったらいろいろと大変だ。それでも、生まれ故郷の空気は肌にすっと馴染むから不思議だった。

こうしてぶらついていると、十二年前にはなかった店もちらほら見かける。同窓会の会場となった居酒屋、二次会のスナック、その近くには喫茶店もできていた。とはいっても、町全体を見渡すと、ほとんど代わり映えしなかった。

「おっ……」

昔からあるスーパーの前を通りかかったとき、たまたま雄治の姿を見かけた。

店舗の横にある駐車場に停車した白いライトバンから降りて、スーパーの裏口に向かって歩いていくところだった。雄治が乗っていた車には、「田山味噌」と社名が入っていた。

紺色のスーツをビシッと着て、いかにも仕事のできる男といった雰囲気を漂わせている。そんな姿を目の当たりにしただけで、自分との差を痛感させられた。雄治は関係者用の裏口から店に入っていった。

（へえ、あの雄治も営業なんてするんだ）

次期社長でも小売店まわりをするらしい。とはいっても、きっと軽く挨拶をする程度だろう。なにしろ田山味噌は老舗中の老舗だ。なにもしなくても、飛ぶように売れているに違いなかった。

戻ってきたら声をかけようと、通りの自販機を眺めながら待っていた。

しばらくかかると思ったが、雄治が戻ってきたのは意外なほど早かった。店長らしき年配の男性もいっしょで、なにやら重苦しい雰囲気が流れていた。

「悪いけど、うちじゃ無理だよ」

「どうか考え直していただけませんか」

突き放すように言われて、雄治が必死に食いさがる。縋（すが）るような目で、なにかを懸命に頼みこんでいた。

「あんたのところの商品は高くて売れないよ」

「そこをなんとか……」

「老舗だかなんだか知らないけど、今どき信州味噌なんてどこでも作ってるんだ。大手は安いのバンバン出してるし」

「そこをなんとか……なんとかお願いいたします」

雄治は腰を九十度に折り、何度も頭をさげている。それこそ、米つきバッタのようにペコペコと……。

「当社でも値段を抑えた新商品の発売が決まっております。味では絶対に負けていません。お願いします、ひとつでもいいので置いてください」

「不況で大変なのはわかるけど……うーん、まあ、そこまで頼まれたら考えてみるか」

「ありがとうございます！　ぜひご検討お願いいたします」

雄治は感謝の言葉とともに、もう一度深々と頭をさげていった。

（マジかよ……雄治があんなこと……）

慎吾は歩道に立ち尽くし、一部始終を眺めていた。

雄治が働く姿を見るのは初めてだ。それはあまりにも衝撃的な光景だった。

老舗の跡取り息子である雄治が、自社の製品を置いてもらうため、なりふり構わず頭をさげていた。金持ちで楽をしていると思いこんでいたが、どうやらそうではなかったらしい。

（雄治の奴、あんなにがんばってたんだ。それなのに俺は……）

この状況では声をかけられるはずもなく、慎吾はその場をそっと後にした。

信州味噌の老舗といえども厳しい時代なのだろう。雄治の真剣な表情には、会社に対する強い責任感が滲んでいた。これまでは恵まれた境遇を羨むばかりだった。しかし、跡継ぎには跡継ぎなりの苦労があるのだろう。

単なるボンボンだと思うことで、妬む気持ちを誤魔化してきた。ところが、雄治はラグビー部のキャプテンだったときと同様、今でも全力で戦っている。とても真似できないと思った。

（俺は逃げてばっかりじゃないか……）

東京で挫折しかけて、田舎に逃げ帰ってきた自分が嫌になる。

この十二年間、いったいなにをやってきたのだろう。それを考えると激しい自己嫌悪に陥ってしまう。

慎吾はあてどもなくフラフラと歩いた。日が傾きはじめるまで徘徊して、気づくと自宅の近くにある公園の前だった。

人気のない公園に足を踏み入れると、朽ちかけた木製のベンチに腰をおろした。ギシッと今にも崩壊しそうな音がする。今の自分には、こんなおんぼろのベンチがお似合いだった。

「はぁ……」

両膝に肘をついてうな垂れる。考えれば考えるほど、自分がひどく駄目な人間に思えてしまう。

東京で一旗揚げるつもりで格好良く田舎を飛びだした。成功するまで絶対に戻らないと誓ったはずだった。それなのに志半ばで逃げ帰ってきた。しかも、これからのことも決められずに迷っている。

(なにやってんだよ……俺……)

ほとんど挫折しているのに、それを認める勇気もない。男としてこれほど情けないことはなかった。

結局、東京に憧れていただけなのかもしれない。だから今頃になって、田舎が懐かしくてたまらないのだろう。気持ちは居心地のいい場所に留まろうとしている。しかし、心の奥底に燻(くすぶ)っているものがあるのも事実だった。

自分の気持ちに整理がつかないまま、あたりが夕日に染まりはじめる。気温がさがってきたが立ちあがる気力は湧かず、うなだれたままだった。

「飯島くん、どうしたの？」

突然、声をかけられてドキリとする。恐るおそる顔をあげると、いつの間にか目の前に紗希が立っていた。

薄手のコートを羽織って、スカートからストッキングに包まれた美脚を覗かせている。特別かしこまった格好をしているわけではないが、全身からセレブ感が滲みだしていた。

「さ、紗希さん……」

思わず目を丸くして息を呑んだ。

胸のうちにこみあげてくるものがあり、思わず言葉に詰まってしまう。ともすると涙腺（るいせん）が緩みそうで、奥歯を強く食い縛る。片想いをしていた彼女の前では格好つけていたい。落ちこんでいる顔など見られたくなかった。

「あ、あのさ……」

とっさのことで頭のなかが真っ白になっている。なにか言わなければと思うが、なにも言葉が浮かばなかった。

「お買い物の帰りなの」

妙な沈黙が流れると、紗希は緊張をほぐすように微笑んでくれた。

彼女の腕には買い物袋がさげられている。おそらく駅前のスーパーに行ってきた帰りだろう。考えてみれば、彼女の家と慎吾の実家はすぐ近所だった。

昨日の今日なので彼女も気まずかったはずだ。それでも声をかけてくれたということは、よほど様子がおかしく見えたのかもしれない。

「飯島くんは？」

「お……俺は……ちょっと散歩をして……」

なんとか強がろうとする。しかし、彼女が隣に腰掛けてきたことで、再び言葉を失ってしまう。

朽ち果てそうな小汚いベンチは、今の紗希に似つかわしくない。それなのに、慎吾と話をするために嫌な顔ひとつせず座ってくれたのだ。

「紗希……」

感動すらこみあげて、慎吾は思わず双眸を潤ませていた。今度は昨日彼女がねだったように呼び捨てにした。

「なにか考えごとでもしてたの？」

紗希が心配を押し隠した笑顔で尋ねてくる。

どうやら、落ちこんでいたことを見抜かれているらしい。今さら格好つけても仕方がないと思った。

「わたしでよかったら、聞かせてくれる？」

「うん……じつはさ……」

慎吾は意を決して、すべてを正直に打ち明けた。

小説家の夢を諦めかけていること。今後どうするか決めかねていること。先ほど雄治が一所懸命に働いている姿を見かけて、自己嫌悪に陥ったこと……。

「雄治の奴、すごいがんばってたんだ。それなのに俺、あいつのこと全然わかってなかった」

いったん口を開くと、次から次へと言葉が飛びだした。これほど一気にしゃべったのは何年ぶりだろう。紗希はときおり相づちを打ちながら、最後まで黙って聞いてくれた。

「嬉しい……」

彼女の唇に微かな笑みが浮かんだ。

「……え？」

「飯島くんがこんなふうに、本音でしゃべってくれたのって初めて」

「あ……そ、そうかな？」

「そうよ。わたしにはずっとよそよそしかったんだから」

拗ねた子供のように唇を尖らせると、またすぐに表情を明るくする。

「悩んでるのにごめんなさい。でも、本当の友だちになれたんだなって……そんな気がしたの」

紗希は嬉しそうにつぶやくが、慎吾の心境は複雑だった。あくまでも「友だち」であって、それ以上の関係にはなれないと言われたような気がした。

「うちでいっしょに晩ご飯を食べない？」

「でも、旦那さんが……」

「昨夜電話があったの。出張が長引くから、しばらく帰らないって……」

紗希の表情が微かに曇った。

もちろん、本気で信じているわけではないだろう。同行している秘書が愛人だというから、妻としては心中穏やかでないはずだ。ところが、彼女は気を取り直したように笑みを浮かべた。

「こう見えても料理得意なのよ」

きっと励まそうとしているのだろう。純粋なやさしさが伝わってくるからこそ、余計に逡巡してしまう。昨夜のことを、彼女がどう思っているのか気になった。

「それに、見せたいものもあるの。ぜひ来て」

紗希は明るい声とは裏腹に、縋るような瞳を向けてきた。

(あ……もしかして……)

そのとき、ようやく彼女の気持ちがわかった。

きっと淋しくてたまらないのだろう。そばに誰かいてほしいと願っている。慎吾を励ますことで、彼女自身も癒される違いない。

「じゃ、じゃあ……お言葉に甘えて」

遠慮がちにつぶやくと、紗希の顔にほっとしたような笑みがひろがった。

まったく下心がないと言えば嘘になる。しかし、彼女を元気づけたいと思ったのは嘘ではなかった。

2

「うん、美味い」

クリームシチューをひと口食べた途端、慎吾は思わず唸っていた。

「お世辞でも嬉しい」

向かいの席に座っている紗希が、小首を傾げるようにして見つめている。慎吾の反応が気になるようだ。

「お世辞じゃないって。本当にすごく美味いよ」

「ありがとう。たくさん作ったから、おかわりしてね」

紗希は心から嬉しそうに瞳を細めた。

最近はひとりで夕食を摂ることが多いという。だから、誰かが食卓についているだけで心が浮きたつのかもしれない。彼女は白ワインのコルクを抜くと、微笑みながらグラスに注いでくれた。

慎吾としても、紗希の手料理を食べることができて幸せだった。ずっと片想いをしていた女性と、二人きりで食事できるとは思いもしなかった。

(でも、ちょっと……緊張するな……)

彼女の考えていることは今ひとつわからない。しかし、こうして食卓で向かい合っていると、まるで新婚夫婦になったような気分だ。

先ほどまで公園で落ちこんでいたことも忘れて、つい紗希をチラ見してしまう。ときどき視線が重なりドキッとするが、懸命に平静を装ってシチューを口に運び、白ワインで喉を潤した。

互いに悩みを抱えている身だが、当たり障りのない会話で食事は進んだ。慰めの言葉を掛け合うよりも、楽しい時間を過ごしたかった。

二人の共通の話題といえば、やはり高校時代のことだ。慎吾が懐かしい教師の真似をすれば、紗希はにっこり笑ってくれた。当時は澄ましている印象だったので、こんなに表情豊かとは知らなかった。彼女の笑顔を見ているだけで、元気が湧いてくるような気がした。

食事を終えて、リビングのソファに移動する。昨夜、シックスナインで快楽を分かち合ったあのソファだ。

「もう少し飲むでしょう？」

「あ、ああ……」

どうしても意識してしまうが、慎吾は懸命に理性を働かせて返事をした。

紗希が赤ワインとグラスをふたつ持ってくる。そして、当然のように隣に腰をおろして、ワインをグラスに注ぎはじめた。昨夜とまったく同じシチュエーションに、嫌でも期待感が高まった。

「じゃ、乾杯」

あえて言葉は添えずにグラスをかかげる。

友情に乾杯と言えば友だちになりそうだし、愛情に乾杯と言えば一夜限りの恋人になれそうな雰囲気だ。

グラスを軽く合わせると、チンッと心地よい音が響き渡る。口に含むと、まったりとした甘さがひろがった。

「美味しい……」

紗希の瞳が微かに潤んでいる。つぶやく唇の動きが妙に艶めかしい。ついブラウスの胸もとや、スカートの裾から覗く太腿を見てしまう。なんとか視線を引き剝がし、口当たりのいいワインを飲み干した。

「じゃあ、ちょっと待ってて」

ふいに紗希が立ちあがり、リビングから出ていった。

しばらくして戻ってくると、再び隣に腰掛ける。距離が近くなってドキドキしていると、古い雑誌を差しだしてきた。

「これ、覚えてる？」

「えっ……懐かしいなぁ」

受け取って表紙を見た瞬間、胸の奥に熱いものがこみあげてきた。彼女が言っていた「見せたいもの」とは、このことだったのだ。

それは慎吾の原稿が初めて掲載された週刊誌だった。フリーライターとしてデビューした雑誌を忘れるはずがない。誌面を見たときの感動は、今でもはっきりと覚えていた。

当時の記憶が一気によみがえってくる。

大学を卒業後、コンビニでバイトをしながら小説の投稿をつづけていた。同時にライター募集の記事を見つけては出版社に原稿を持ち込んでいたので、睡眠時間は一日三時間ほどだった。

生活は苦しかったが、夢があったので毎日が充実していた。小説もライターの原稿もなかなか採用されなかったが、まったくめげることはなかった。

出版社から記事になると連絡を受けたときは、嬉しくて涙が溢れた。夢に向かって、大きな一歩を踏みだしたと思った。

「どうして、この雑誌を紗希が？」

ふと疑問が湧きあがる。ごく小さな記事で、慎吾の名前は記載されていない。たまたま記事を読んだとしても、慎吾が書いたものだと気づくはずがなかった。

「田山くんが教えてくれたの」

「そうか、雄治が……」

東京に出てからも、雄治とだけは連絡を取り合っていた。初仕事のことも嬉しかったので報告したから、雄治から仲のいい友人数人に伝わったのだろう。

「急いで駅前の本屋さんに買いに行ったのよ。最後の一冊だったから、田山くんに聞いた人たちが買ったのね」

紗希は当時を懐かしむように瞳を細めた。

雄治が教える相手ならだいたいわかる。遥香、麻奈美、それに由希子、ラグビー部の連中、もしかしたら詩織先生も知っていたかもしれない。みんな仕事のことには触れなかったが、きっと読んでくれたのだろう。

「こんな古い雑誌、よく残ってたね」

照れ隠しでぶっきらぼうな口調になる。すると、紗希はにっこり笑って首を左右に振った。

「大事にとっておいたの」

「これを？」

不思議に思いながら雑誌を返すと、紗希は両手でしっかりと受け取り、さも愛しそうに表紙を撫でて胸に抱いた。

「飯島くんが東京でがんばってるって聞いて、すごく嬉しかった」

穏やかな声音が心に染み渡っていく。友だちとして喜んでくれたのだと思うが、意外な事実を知って心が温かくなっていった。

「陰ながら応援してたから……飯島くんのこと」

紗希は少し恥ずかしそうにつぶやいた。

まさか片想いをしていた彼女の口から、そんな言葉が出るとは思わなかった。胸の奥がキュンとなり、思わずおどおどと視線を逸らしてしまう。なにやら意味深なつぶやきに、どう反応すればいいのかわからなかった。

「何回も読んだわ。繰り返し何回も」

「たいしたこと書いてなかったと思うけど……」

「ううん、すごくいい記事だった」

紗希は真面目な顔でつぶやき、まっすぐ見つめてくる。

その雑誌の記事は、田舎の味覚を紹介する小さなコラムだった。慎吾は信州味噌と野沢菜漬けを紹介した。当然ながら自分としては一所懸命書いたが、褒められるほどではなかったと思う。

「郷土愛が伝わってきたもの」

「なんか、照れるな……」

急激に顔が熱くなっていく。おどけて誤魔化そうとするが、彼女の瞳は真剣そのものだった。

「飯島くんの人柄が文章に出ていたと思う」

「そうかな……」

「そうよ。だから、もっと自信を持って」

紗希がそっと手を握ってくる。慎吾はドキッとして固まった。

「応援してる。ずっと」

「あ……ありがとう」

彼女の熱い眼差しに、胸の鼓動が速くなっていた。

3

「あ、あのさ……」

なぜか慎吾はキングサイズのダブルベッドに腰掛けている。

ソファで手を握られて、そのままリビングを出て夫婦の寝室に導かれた。これから行われることを想像しただけで、心臓がバクバクと激しい音をたててしまう。期待と緊張が入り混じり、急激に気持ちが盛りあがっていく。しかし、さすがに夫婦の閨房は気が引けた。

「この部屋は……ちょっと、まずくないかな？」

遠慮がちに尋ねてみる。すると、隣に寄り添うように腰掛けている紗希が、縋るような瞳で見つめてきた。

「この部屋がいいの。ずっとひとりだったから……」

ひどく儚げな声だった。

夫婦の寝室でありながら、ひとり寝の夜がつづいているという。そうなると、夜の営みもしばらく行われていないことになる。

彼女は指を絡ませて握ったままの手に、キュッと力をこめてくる。たったそれだけで、慎吾の股間は早くも疼きはじめていた。

「ここで……飯島くんのものになりたい」

紗希は消え入りそうな声で囁いた。

浮気をしている夫に対する当てつけか、背徳的なスリルを求めているのか、それとも満たされない夫婦の愛情を疑似体験したいのか。いずれにせよ、彼女にとっては夫婦の寝室ということに意味があるらしい。とにかく、信じられないことだが、慎吾に対して単なる友情以上のものを感じているのは確かだった。

「リビングの電話はここまで聞こえないわ」

昨夜のことを思いだしたのだろう、紗希は恥ずかしそうに肩をすくめて微笑んだ。

「昨日は愚痴を聞いてくれてありがとう」

「い、いや……別にお礼を言われるほどのことは……」

極度の緊張で、慎吾の声は滑稽なほど掠れていた。

昨日の出来事で一番印象に残っているのは、シックスナインで快楽を求め合ったことだった。紗希はペニスを咥えたままアクメに達して、ザーメンを一滴残らず飲み干した。

それなのに、彼女を取り巻く空気は草原を吹き抜ける風のように澄んでいる。清楚さを失わない瞳が眩しすぎて、慎吾はおどおどと視線を逸らしていた。

「お、お礼を言わなくちゃいけないのは俺のほうだよ」

握られたままの手が汗ばんでいる。それなのに、彼女は指をしっかり絡めて離そうとしなかった。

「あ、あの……さっきは声をかけてくれて、ありがとう。俺……」

ひとりで落ちこんでいるところに紗希が現れた。一瞬、運命の女性かと思ったほどのタイミングだった。

「あのままひとりだったら、しばらく立ち直れなかったよ」

「なんとなくわかる気がする……やっぱり、ひとりは淋しいもの」

紗希はぽつりとつぶやき、うつむいて黙りこんだ。

ずっとひとりで悩んできたのだろう。旦那と上手くいかず、相談できる友人もいない。慎吾のように東京に出たわけではないのに、彼女は孤独を感じていた。故郷にいながら、心のなかで助けを求めていたに違いなかった。

「近くにいたら、話くらい聞いてあげられたんだけどな」

無意識のうちに、彼女の手をギュッと握り返す。すると紗希は驚いたように顔をあげて、熱い眼差しを送ってきた。

「飯島くん……」

彼女の瞳がうるうると潤んでいる。ピンクの唇に吸い寄せられそうになり、思わずコクリと唾を飲みこんだ。

「わたしたちって、ちょっと似た者同士だと思わない？」

「俺と……紗希が？」

「うん。心に同じような傷を負っているような気がするの」

「そ、そうかな……そうだね」

どう答えたらいいのかわからず、あやふやなことを口走ってしまう。すると、紗希はふいに身体を傾けて、甘えるように頭を肩にちょこんと乗せてきた。

「傷、舐め合っちゃおうか？」

「……え？」

彼女らしからぬ茶目っ気溢れる台詞にドキッとする。そして、またしても昨夜の濃厚なシックスナインを連想してしまう。ここは思いきって抱き締める場面かもしれない。そして、唇を奪いながらベッドに押し倒し、あとは流れにまかせて……。

しかし、とても行動に移す勇気はない。酒に酔っていた昨日と異なり頭のなかが冷静で、思いきったことができなかった。

すると、紗希がふわっと立ちあがり、握っていた手を離してしまう。大切なものが手からこぼれ落ちていくような気がして、慎吾も釣られて立ちあがろうとする。ところが、肩をそっと押し返された。

「飯島くんはここで待ってて」

紗希は柔らかい微笑みを残し、寝室のドアに向かって歩いていく。そして、ドアノブを掴んで振り返ると、目の下を赤く染めながらつぶやいた。

「昨日は飯島くんがやさしくしてくれたから、今日はわたしが飯島くんを癒してあげたいの。いいでしょう？」

少し照れた表情にドキリとして、慎吾は訳がわからないまま頷いていた。

彼女が寝室から出ていくと、なんだか手持ち無沙汰になってしまう。シャワーでも浴びに行ったのだろうか。もしかしたら、裸体にバスタオル一枚を巻きつけて戻ってくるのかもしれない。ドキドキしながらベッドに腰掛けて待っていると、意外にもすぐにノックの音が響き渡った。

「お待たせしました」

ドアがゆっくりと開き、紗希がうつむき加減に入ってくる。その姿を見た瞬間、慎吾は思わず目を丸くして立ちあがった。

「ええっ！　し、白川さん？」

つい昔の呼び方に戻ってしまう。それもそのはず、紗希が着ているのは高校時代の制服だった。

白い半袖（はんそで）の夏服セーラーで、紺色の襟と袖には白い三本のラインが入っている。スカーフは赤色で、紺色のプリーツスカートの裾からは膝が覗き、さらには紺色のハイソックスまで穿いていた。

「捨てられなくて取ってあったの……」

紗希は頬を赤らめながら歩み寄ってくると、目の前でクルッと一回転する。スカートの裾が翻り、生の太腿がチラリと見えた。

「高校を卒業してから一度も着てなかったんだけど……どうかな？」

はにかんだ表情がたまらなく可愛らしい。

しかし、清純そうな表情とは裏腹に、彼女の全身からは牝のフェロモンがむんむんと発散されていた。

なにしろ、三十路妻のセーラー服姿だ。ウエストサイズは当時とさほど変わらないようだが、バストとヒップは熟れて大きくなり、セーラーの胸もととプリーツスカートの尻がパンパンに張り詰めていた。

それでも、教室に佇んでいた彼女の姿が急速によみがえってくる。窓から吹きこんでくる心地よい風に、ストレートの黒髪をさらさらとなびかせていた。

青春時代にずっと憧れていた、眩しかったその姿が思いだされた。

「す、すごく……似合ってるよ」

懐かしさのあまり、思わず涙ぐみそうになる。

いつも遠くから彼女の姿を眺めていた。卒業までに告白しようと思っていたが、結局できないまま上京して時は流れていった。

「ちょっと恥ずかしいけど、飯島くんと二人なら……あの頃に戻ってみたいなって思ったの」

「白川さん……」

あえて高校時代と同じように呼びかける。すると、当時の熱い気持ちが胸のうちを満たしていった。

青春の忘れ物を取り戻す機会は今しかない。

もちろん、彼女は人妻で、叶わぬ恋だということはわかっている。しかし、ずっと心の奥底に抱えてきた気持ちを伝えたい。そうしなければ、いつまで経っても前に進めないような気がした。

「お、俺……」

慎吾は彼女の右手を取ると、両手で強く包みこんだ。柔らかい手のひらの感触にドキドキして、途端に胸が苦しくなってくる。それでも勇気を出して、澄んだ瞳をまっすぐに見つめていく。

おそらく紗希も悟っているのだろう。急に黙りこんで、慎吾の目をじっと見つめ返してきた。

「すごく……すごく好きだったんだ」

積年の想いを口にした瞬間、感極まって目頭が熱くなる。ずいぶん遠回りしてしまったが、気持ちを伝えることができただけで幸せだった。

「嬉しい……」

紗希がぽつりとつぶやき、すっと顔を寄せてくる。声をあげる間もなく、ごく自然に唇を重ねていた。

「ンっ……」

彼女は長い睫毛を伏せて背伸びをしている。表面が軽くチュッと触れるだけの可愛いキスだ。まるで高校生のカップルが人気のない放課後の教室で交わす、初々しいファーストキスのようだった。

(白川さんとキスできるなんて……)

またしても涙が溢れそうになり、慌てて顔を上向かせる。これまで体験したどんなキスより、胸の鼓動が高まっていた。

「飯島くん、座って」

紗希にうながされて再びベッドに腰掛ける。すると、彼女は目の前にひざまずいて、いきなり慎吾のジーンズに手をかけてきた。

「今日はわたしが癒してあげる」

彼女の言葉には懇願するような響きが含まれている。もちろん、慎吾にしても断る理由はない。尻を浮かせて協力すると、あっという間にジーンズをつま先から抜き取られて、靴下まで丁寧に脱がされた。

そうしている間にペニスはむくむくと頭をもたげていく。

紗希はボクサーブリーフの膨らみを見つめながら、ウエストに指をかけてくる。せわしない手の動きが、彼女の興奮度合いを物語っていた。

「ああ、すごいわ」

ペニスが剝きだしになって、紗希の溜め息混じりの声が聞こえてくる。それとほぼ同時に、肉胴部分に細い指が巻きつけられた。

「うぅっ……」

「硬くて男らしい……高校生みたいにカチカチよ」

紗希がうっとりとつぶやき、すぐに羞恥を誤魔化すように微笑んだ。そして、ゆるゆるとしごきながら、上目遣いに見つめてきた。

「今日はうんとサービスしてあげる。飯島くんはなにもしなくていいのよ」

「ああ、白川さん……」

セーラー服を着た紗希が、脚の間にひざまずいてペニスを握り締めている。こうして見おろしていると、学級委員長に手コキされているとしか思えない。高校生のときに妄想していたことが、今頃になって現実のものとなっていた。

「もっと気持ちよくしてあげる」

紗希は股間に顔を近づけてきたかと思うと、亀頭をぱっくりと咥えこんだ。柔らかい唇で肉胴をやさしく締めつけて、そのままズルズルと呑みこんでいく。

「はむンっ……ンっ……ンっ……」

「おおっ……おおおっ」

慎吾の口からだらしない呻き声が溢れだす。

ペニスは根元まで口内に収まり、亀頭が喉の奥に到達する。再びゆっくりと吐きだされると、唾液でコーティングされた肉胴が唇でヌメヌメと摩擦された。

「ンっ……ンンっ」

紗希は眉を微かに歪めながら、首をスローペースで振っている。奥まで咥えこむと、閉じられた瞼が微かにヒクつくのが生々しい。ペニスをしゃぶることで興奮しているのか、鼻から漏れる声が妙に悩ましかった。

「くうっ……あ、あんまりされると」

甘美なる口唇ピストンが、蕩けそうな快楽を生みだしている。これ以上されると暴発してしまいそうだ。しかし、紗希は構うことなく、舌まで使ってペニスをしゃぶりたててきた。

「むふっ……はふンっ……あむぅっ」

「うおっ、ちょっ、ま、待って……くううっ」

たまらず腰が浮きあがる。すると紗希はさらに首を激しく振り、ペニスを思いきり吸いあげた。まるでストローでジュースを飲むように、ペニスを猛烈に吸引する。そうしている間も、唇は高速でスライドを繰り返していた。

「おおおッ、出ちゃうよっ……おおッ、うおおおおッ！」

とてもではないが耐えられない。慎吾は雄叫(おたけ)びをあげながら、腰を激しくバウンドさせた。ペニスは彼女の口内で意志を持った生き物のように脈動し、おびただしい量のザーメンが噴きあがった。

「はむうううッ！」

紗希は眉間に微かな縦皺を刻みこみ、濃厚な白濁液を次々と嚥下(えんか)していく。まるで美味しいものでも飲むように、ペニスに吸いついて離れようとしなかった。

「ううっ……き、気持ちいい……」

ようやく発作が収まると、慎吾は仰向けに倒れこんだ。

まさかこれほど短時間でイカされるとは思わなかった。しかし、紗希は休む間もなく、慎吾のシャツも脱がして全裸にすると、自分はセーラー服のままベッドにあがってくる。

「少しは落ち着いた？　一回出しておけば、あとはゆっくり楽しめるでしょう」

慎吾の脚の間で膝立ちした紗希は、まだ硬度を保ったままのペニスを見つめて微笑んだ。

成熟した女体と清楚なセーラー服の組み合わせが、背徳的な雰囲気を作りあげている。高校時代にタイムスリップして学級委員長といけないことをしている感覚と、人妻となった紗希と不倫している感覚を同時に体験していた。

「白川さん……紗希……今度は俺が……」

体を起こそうとするが、彼女の視線がそれを許さなかった。

「癒してあげるって言ったでしょう」

紗希が覆い被さるようにして顔を近づけてくる。セーラーの乳房の膨らみが、胸板にプニュッと押し当てられるのがわかった。さらにプリーツスカートに覆われた彼女の下腹部が、勃起状態のペニスをググッと圧迫してきた。

「おおうっ……」

「動かないで。学級委員長の言うことを聞いてください」

制服姿なので、そんなおどけた台詞も無理がない。まるで高校の教室で迫られているような気分になってくる。慎吾が雰囲気に呑まれて硬直していると、彼女はそっと口づけしてきた。

「わたしにまかせてね……ンンっ」

先ほどとは異なり、唇を割り開いて舌がヌルリと入りこんでくる。瞬く間に舌を絡め取られて、唾液をジュルジュルと啜られた。とても清楚な学級委員長とは思えない淫らなキスだ。

「飯島くんは疲れてるのよ。東京でがんばってきたんだもの」

紗希はいったん唇を離すと、やさしい眼差しで見つめてくる。そして、頭を掻き抱くようにして、またしても口内を貪ってきた。

「はむぅっ……」

「ううっ……うむぅっ」

とろみのある唾液が流しこまれてくる。慎吾は歯茎の裏まで舐められながら、無我夢中で甘露のような唾液を嚥下した。

（ああ、これが紗希の味なんだ……）

頭の芯まで痺れて、なにも考えられなくなってくる。ペニスを下腹部で圧迫される感覚もたまらなかった。

慎吾は鼻息を荒くしながら、舌を伸ばして彼女の口内に差し入れた。すると、紗希はまるでフェラチオするように吸ってくれる。チュウウッと舌が抜けるほど吸引されて、萎えることを忘れたペニスの先端からカウパー汁が溢れだした。

「ンはぁ……ねえ、もっと元気にしてあげる」

紗希は腰を悩ましくくねらせながら、勃起をグリグリと捏ねまわしてくる。ちょうどプリーツスカート越しに、柔らかい恥丘が触れていた。

「そ、そんなにしたら……ううっ、よ、汚れちゃうよ」

滾々と溢れる我慢汁が、スカートの布地を濡らしていく。最初はザラついていたのに、今はヌルヌルとやけに滑る。どうやらカウパー汁が、制服の繊維の奥にまで染みこんでいるようだった。

「大切な制服が……」

「いいの、汚して……飯島くんに汚してもらいたいの」

紗希はなおも下腹部を密着させて、ディープキスをしかけてくる。まるで蛇の交尾のように舌を絡ませながら、互いの唾液をたっぷりと交換した。

「飯島くんと、こんなキスをするなんて……」

「俺も、信じられないよ」

唇を離すと唾液がツーッと糸を引く。見つめ合っては甘く囁き合い、再び唇を重ねて相手の唾液を味わい尽くす。慎吾の髪は、彼女の手によってグシャグシャにされている。慎吾も腕をまわし、セーラー服の背中を強く抱き締めた。

「紗希……紗希……」

「ああ、飯島くん」

顔を右に左に傾けて、キスの合間に何度も名前を呼び合った。

ペニスはますます硬くなり、慎吾も無意識のうちに腰をよじらせる。恥丘で男根を感じている紗希は、我慢できないとばかりに女体をくなくなと悶えさせた。

「ンンっ、すごく硬い」

「お、俺……もう……」

キスだけでイッてしまいそうなほど気持ちが昂ぶっていく。おそらく紗希も同じ状態なのだろう。瞳をとろんと潤ませながら、股間をさらに押しつけてきた。

「いっしょに……気持ちよくなろうね」

紗希は息を吹きかけるように囁き、折り重なったままプリーツスカートを捲りあげていく。すると、ペニスの裏側に縮れ毛がさわさわと触れてきた。

「も……もしかして？」

スカートの下にはなにも穿いていないらしい。驚いて見つめると、彼女は恥ずかしそうに睫毛を伏せる。そして、答える代わりに股間を左右に揺らめかせた。

「おううっ……」

陰毛がシャリシャリと擦れて、くすぐったさをともなう快感が勃起の裏側にひろがった。そういえば、胸板に押し当てられている乳房の感触もやけに生々しい。セーラーの下にはブラジャーをつけていないのかもしれない。

「は、恥ずかしいから目を閉じて……」

紗希はディープキスで慎吾の唇を塞ぎながら腰をまたいでくる。亀頭がクチュッと陰唇に触れるのがわかり、思わず腰に震えが走った。

「さ、紗希……先っぽが当たってるよ」

「たっぷり癒してあげる……はンンっ」

紗希は舌をヌルリと口内に侵入させてくる。それと同時に腰を落とし、ペニスを女穴に迎え入れた。

「あっ……ンあああっ」

「おおっ、おおおっ！」

蕩けきった媚肉が、ガチガチに硬化した男根を包みこむ。ついに長年想いつづけてきた女性のなかに入りこんだ。騎乗位でディープキスをされたまま、ペニスがズブズブと呑みこまれていく。

「はあぁっ……やっと、ひとつになれたね」

紗希はついばむようなキスをしながら囁きかけてくる。声が掠れているのは、膣襞を摩擦されて快感を覚えているからだろう。

「き、気持ちよすぎて……くううっ」

かつてない悦びが全身を駆け巡り、腰が自然と浮きあがる。結果としてペニスがさらに奥まで入りこみ、二人の股間はぴったりと密着した。

「あああっ、大きいっ」

紗希が慌てたような声を漏らし、内腿で慎吾の腰を締めつけてくる。しかし、すでにペニスは根元まで完全に埋まっていた。

「紗希とこんなこと……ゆ、夢じゃないよね？」

とても現実の出来事とは思えない。男根が蕩けそうな快感もさることながら、片想いの女性とこうして見つめ合っていることすら、いまだに信じられなかった。

「ほんと、なんか不思議ね……」

彼女も溜め息混じりに口走り、焦れたように腰をもじもじさせる。すると男根が媚肉でニュルニュルと擦られて、危うく射精しそうな愉悦がひろがった。

「おおっ、絞られるぅっ」

思わず呻きながら腰を迫りあげる。激しく男根を突きこみたい衝動に駆られるが、今そんなことをしたら数秒でザーメンをぶちまけてしまうだろう。

「ああンっ、動いちゃダメよ、わたしがしてあげたいの」

紗希は上半身を起こすと、慎吾の腹筋に両手を置いた。両膝をシーツにつけた密着度の高い騎乗位の体勢だ。

「いい思い出にしましょう……あっ、あっ」

セーラー服姿の紗希が、自分に言い聞かせるようにつぶやき腰を振りはじめた。

まるで波間をたゆたう小舟のように、スローペースでゆったりと腰を前後に揺らしている。あの清楚な学級委員長が、股間にまたがって女体をくねらせていた。ペニスがやさしく擦られて、目の前でセーラー服に包まれた大きな胸がユサユサと弾む様は幻想的ですらあった。

「うくぅっ、まさか紗希が……な、なんていやらしいんだ」

「わたしだって女だもの……はンンっ」

慎吾が唸れば、彼女もうっとりした表情で喘ぎだす。濡れた瞳で見おろし、視線を絡ませながら男根をねぶりあげてきた。

「お、俺……本当に紗希と……」

ひとつになっていることを確かめたくて、プリーツスカートをめくりあげる。すると、陰唇の狭間に突き刺さったペニスと、絡み合う陰毛がはっきり見えた。

「繋がってる……紗希のなかに入ってるんだ」

「やン、飯島くんのエッチ……」

紗希は甘くにらみつけてくるが、腰振りをやめようとはしない。それどころか、見られて興奮が高まったのか、華蜜の量が明らかに増えていた。クチュクチュという音が大きくなり、グラインドのスピードが速くなっていく。

「あっ……あっ……」

「くっ、す、すごい……」

いつまでも受け身というわけにはいかない。このまま一方的に責められると、自分だけ追い詰められてしまう。慎吾はスカートの裾をウエストに挟みこんで股間を剝きだしにすると、セーラー服の上から乳房を揉みしだいた。

「ああンっ、ダメぇ」

もちろん本気で嫌がっているわけではない。紗希は艶めかしく女体をくねらせながら、両手を胸板に滑らせて、乳首を指先でクニクニと刺激してきた。

「うぅっ……よ、ようし、俺も……」

慎吾も反撃とばかりに、セーラー服を胸の上までたくしあげる。ボリューム満点の乳房を剝きだしにして揉みはじめた。

「ああっ、飯島くんが……こんないやらしいことするなんて……」

「紗希だって、こんなにいやらしく腰を振るなんて思わなかったよ」

すでに硬く尖り勃った乳首を指の股に挟みこむ。その状態で柔肉を揉めば、自然と乳首にも刺激を与えることができた。

「あンっ、ダメ……ああンっ、ダメよ……」

感じているのは明らかだ。紗希はひっきりなしに喘ぎ声を漏らして、しゃくりあげるように腰を振る。濡れそぼった媚肉でペニスを締めつけながら、自らクリトリスを擦りつけてきた。

「ううっ、し、締まるっ」

快感はどこまでも膨れあがっていく。ペニスは破裂寸前まで張り詰めて、今にも暴発してしまいそうだ。慎吾はたまらず上半身を起こすと、無我夢中で沙希の身体を抱き締めた。

「さ、紗希っ！」

「ああっ、飯島くん」

ペニスが深く突き刺さり、紗希が首にしがみついてくる。慎吾は胡座(あぐら)を掻いて対面座位へと移行した。剝きだしの大きな乳房が、胸板でムニュッとひしゃげるのが心地いい。下腹部もぴったりと密着し、一体感がさらに増していた。

「ふ、深い……はあンっ」

紗希は眉を八の字に歪めて、訴えかけるように見つめてくる。腰をねばっこく捏ねまわし、ペニスをねちねちと締めあげていた。

「くおっ、もう……もう我慢できないっ」

両腕で彼女の腰をしっかりと抱き、膝を上下させて女体を揺さぶりにかかる。ペニスをズブズブと抜き差しして、亀頭を膣の奥までグイグイと押しこんでいく。快楽の波が押し寄せるが、懸命に奥歯を食い縛ってペニスをピストンさせた。

「あッ……あッ……奥まで……い、いいっ」

紗希もこれまでとは異なる嬌声を撒き散らし、膣を猛烈に収縮させる。勃起が食いちぎられそうなほど締めつけられて、慎吾も低い呻き声を轟かせた。

「くうっ、ま、まだまだっ、ぬうううッ！」

真下から掘削機のように突きあげれば、彼女は腰を震わせながらペニスをこれでもかと絞りあげる。いよいよアクメの波が近づいているのか、慎吾の背中に爪をたてて強くしがみついてきた。

「ああぁッ、いいっ、ああッ、すごくいいっ、感じるっ」

「お、俺も、もうすぐっ……くおおおッ」

二人して汗だくになって腰を振りたくる。密着した乳房はヌルヌルで、股間は愛蜜と我慢汁でグショグショだ。もう昇りつめることしか考えられず、獣のように唸りながら粘膜と粘膜を一心不乱に擦り合わせた。

「はああッ、いいのっ、あッ、あッ、イ、イッちゃいそうっ」

「いいよ、イッても、俺もすぐに……おおッ、おおおおッ」

自分が腰を振っているのか、相手が腰を振っているのかもわからない。絶頂だけを求めて、とにかく本能のままに駆けあがっていく。身も心もひとつに溶け合ったような感覚のなか、頬と頬を密着させて激しく腰を跳ねあげた。

「おおおッ、で、出るっ、くおおおッ、出る出るっ、ぬおおおおおッ！」

「あぁッ、出してっ、いっぱい出してっ、あああッ、もうダメっ、わたしも、イクっ、イッちゃうっ、あああッ、イクイクううッ！」

慎吾が膣の奥でザーメンを放出すると同時に、紗希も女体をビクビクと痙攣させながら昇り詰めていく。

きつく抱擁して股間を密着させながら、この世のものとは思えないアクメを共有する。これまでの人生で体験したなかで、間違いなく最高の愉悦だった。

「紗希……」

「ああ、飯島くん」

結合を解くことなく、どちらからともなく唇を重ねていた。

息を乱したまま舌を絡めて、ねちっこいディープキスに没頭する。お互いの存在を確認するように、何度も何度も唾液を交換した。二人の世界にどっぷりと浸り、絶頂の余韻のなかで抱擁を強めていった。

しばらくして、ようやく二人の乱れた息が収まってくる。ペニスを引き抜くと、大量のザーメンがドロリと逆流してきた。

「ありがとう……」

紗希はそう囁くと乱れたセーラー服のまま、恥ずかしそうに微笑んだ。

なにかを吹っ切ったように見えたのは、決して気のせいではない。慎吾も想いを伝えることができて、胸がすっきりしていた。

「もう一度、向き合ってみるわ……」

紗希の言葉が、つかえの取れた胸にすっと流れこんでくる。おそらく旦那とのことを言っているのだろう。

塞ぎこんでいても仕方がない。一所懸命、前向きに生きてみよう。慎吾も心の底からそう思うことができた。

＊

翌日の午後——。

慎吾は駅のホームにひとり佇んでいた。

荷物は来たときと同じボストンバッグひとつだけ。しかし、悩んでいたのが嘘のように、気持ちは晴れ晴れとしていた。

紗希との情事の後、もう一度東京で夢を目指す決意を固めた。そうと決めたらぐずぐずしていられなかった。

実家で荷物をまとめていると、携帯に二本の電話がかかってきた。

一本目は帰省前に小説の原稿を渡した出版社からだった。

原稿をそのまま本にすることはできないが、やる気は充分に伝わってきた。まずは直接合って話をしましょうという内容だった。道のりが険しいことは承知しているが、努力している限り可能性はあるはずだ。よりいっそう、がんばってみようという気持ちになった。

二本目は実家を出る少し前に雄治からかかってきた。

用事があったわけではなく、「近いうちにまた会って飲まないか」という電話だった。そこで慎吾は初めて、今日の午後一時発の電車で東京に戻ることを伝えた。見送りは気恥ずかしいので、本当は向こうに着いてから連絡するつもりだった。

「黙って帰るつもりだったのかよ」

温厚な雄治が、珍しくあからさまにむっとした。

そんな急な話ではもう時間がないし、仕事もあるから見送りにも行けないじゃないかと言う。慎吾は親友の怒りを静めるために、挫折しかけていたことを素直に話した。

「じつはさ、おまえが営業してるの偶然見たんだ。俺も気合いが入ったよ」

雄治やみんなに会ったことで心が癒されて、もう一度チャレンジしてみようという気になった。だから、すぐにでも東京に戻りたいのだと打ち明けた。雄治をなんとか納得させて電話を切ると、すぐに家を出て駅に向かう時間になった。

(やっぱり、帰る前に言っとくべきだったかな……)

駅のホームでそんなことをひとり考えていると、電車が入ってきた。

慎吾は電車に乗りこみ、窓際の席に座った。ぼんやりとホームを眺めながら、楽しかった帰省を思い返す。

みんないろいろあるようだが、とにかく元気そうでよかった。

今度帰ってくるのはいつになるだろう。もう意地を張らずに、同窓会があれば帰ってくるつもりだ。

東京でもう一度がんばってみようと決意したが、不安がないわけではなかった。また田舎を離れる淋しさもある。濃密な時間を過ごしたからこそ、離れがたい気持ちが湧きあがった。

(まさか、これほど感傷的になるなんて……)

思わず苦笑を漏らしたとき、駅のホームに数人の男女が勢いこんで入ってきた。

「ん？　あっ……」

物思いに耽っていた慎吾は、はっと我に返って驚いた。

電車の窓のすぐ近くまで走り寄ってきたのは、雄治、遥香、麻奈美、由希子、それに紗希だった。

(そうか、雄治が……)

雄治がみんなに伝えたのだろう。みんな忙しいのに、無理をして慎吾の見送りに来てくれたらしい。グレーのスーツ姿の雄治は、首からプラカードをさげている。下手な字で『慎吾、がんばれ！』と書かれているのが恥ずかしくも嬉しかった。

「みんな、来てくれたんだ」

慎吾は急いで窓を開けると、あらためて五人の顔を見まわした。胸が熱くなり、言葉が出てこなくなってしまう。

「声かけたら、みんな二つ返事で急いで来てくれたよ」

雄治が嬉しそうに笑うので、慎吾も釣られて笑顔になる。すると、麻奈美がすかさず突っこんできた。

「わたしたちに黙って帰ろうなんて水臭いじゃない」

不機嫌そうな口調だが、もちろん本気で怒っているわけではない。彼女なりに淋しがってくれているのは伝わってきた。

「本当だよ。急に帰るなんてさ」

遥香も唇を尖らせている。もっと文句を言いたげな顔をしているが、瞳が微かに潤んでいた。

「ごめんごめん。また同窓会があったら呼んでくれよ。必ず出席するから」

慎吾が笑顔で答えると、遥香は不服そうながらも頷いてくれる。すると、雄治と由希子が声をかけてきた。

「たまには電話しろよな」

「元気でね」

並んで立っていると、すでに夫婦のように見えてくる。お似合いのカップルといった感じで、二人とも幸せそうな顔をしていた。

「飯島くん、がんばってね」

紗希もにっこりと微笑んでくれる。ほんの一瞬視線を交わしただけで、熱い気持ちがお互いに伝わった。

「紗希も、元気で」

本当は少し淋しかったが、あえて満面の笑顔で答えた。

彼女と結ばれたことは、生涯忘れられない思い出だ。たった一度の関係だが、確かに心を通わせることができた貴重な体験だった。

やがて電車がゆっくりと動きだした。

「じゃあ、みんな……」

感謝の気持ちをこめて右手を軽くあげる。すると、五人は手を振りながら追いかけてきた。

「おいおい、危ないからいいって」

声をかけるが、誰もやめようとしなかった。

こんなにいい仲間がいるのだから、俺はまだまだがんばれる。

とにかく東京に戻って、やれるところまでやるつもりだ。つらくなったら新幹線に飛び乗ればいい。わずか三時間弱で、みんなに会うことができるのだから……。


（了）

※本書は二〇一二年一二月に刊行された竹書房ラブロマン文庫『熟れどき同窓会』の新装版です。

＊本作品はフィクションです。作品内に登場する人名、地名、団体名等は実在のものとは関係ありません。

長編小説
熟れどき同窓会<新装版>
葉月奏太

2021年3月29日　初版第一刷発行

ブックデザイン……………………　橋元浩明(sowhat.Inc.)

発行人………………………………………………後藤明信
発行所………………………………………株式会社竹書房
〒102-0072　東京都千代田区飯田橋２－７－３
電話　03-3264-1576（代表）
03-3234-6301（編集）
http://www.takeshobo.co.jp
印刷・製本………………………中央精版印刷株式会社

ISBN978-4-8019-2583-0　C0193